やなせたかしの素顔

のぶと歩んだ生涯

伊多波 碧

潮文庫

目次

装画　田尻真弓
装幀　重原　隆

やなせたかし家系図

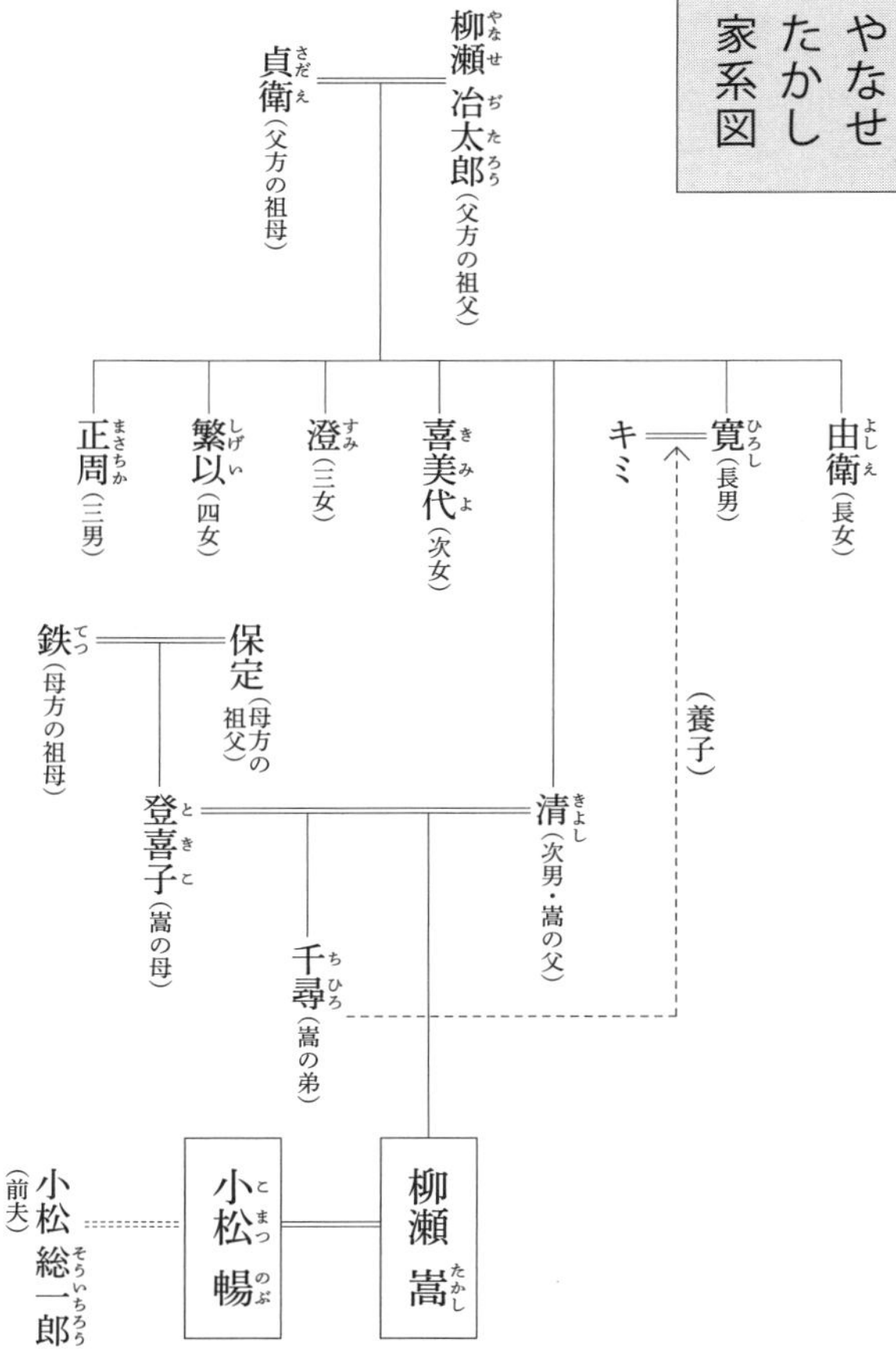
柳瀬《やなせ》治太郎《ぢたろう》（父方の祖父）
貞衛《さだえ》（父方の祖母）
由衛《よしえ》（長女）
寛《ひろし》（長男）
キミ
（養子）
清《きよし》（次男・嵩の父）
喜美代《きみよ》（次女）
澄《すみ》（三女）
繁以《しげい》（四女）
正周《まさちか》（三男）
保定（母方の祖父）
鉄《てつ》（母方の祖母）
登喜子《ときこ》（嵩の母）
千尋《ちひろ》（嵩の弟）
柳瀬嵩《たかし》
小松《こまつ》暢《のぶ》
小松総一郎《そういちろう》（前夫）

第一章　朴《ほお》ノ木のぼく

1

ぼくには才能がない。

嵩《たかし》さんは常々そう言っている。木に例えるなら地味な朴ノ木で、檜《ひのき》にはどう頑張《がんば》ってもなれない凡才《ぼんさい》だと。

だけど捨てたものじゃない。

天才でなくても構わない。凡才、大いに結構。コケッコー。ぼくらはみんな生きている。


出会ったのは終戦間もない頃《ころ》だ。

一九四六（昭和二十一）年六月の昼前だったろうか。

梅雨《つゆ》に入ったばかりで空はどんよりと暗く、蒸《む》し蒸しと暑かった。今にも雨が降りそうで降らない。まあ、こんな日には気持ちが腐《くさ》ってしまうのもわかる。だからといって、人のものを盗《ぬす》むのは許せない。

暢《のぶ》は走った。

「こら待てー！」

赤信号で立っていたら、いきなり背後からショルダーバッグをむしり取られた。振《ふ》り向《む》くと、ランニングを着た痩《や》せた背中が二つ駆けていく。

たぶん小学生くらいの男の子だ。九歳《さい》と六歳くらいだろうか。兄弟かもしれない。背の高さは凸《とつ》と凹《おう》だが、痩せた体つきが似通っていた。

ショルダーバッグを抱《かか》えているのは兄のほう。弟は手ぶらだ。

平日だからか高知駅前は人が少なかった。歩いているのは御用聞きの酒屋さんや、乳飲み子をおんぶしたお母さんくらい。そうした人たちはスーツにパンプスで走る暢を見て、目を丸くした。

杖《つえ》をついて横道から出てきた老夫婦《ろうふうふ》に、危うくぶつかりそうになる。

おっと。咄嗟《とっさ》に脇《わき》へよけ、衝突《しょうとつ》を避けた。

「ごめんなさい！」

足を止め、驚かせた詫《わ》びを言う。二人がうなずいたのを見て、ふたたび走り出す。

「……何じゃ、あの娘《むすめ》」

呆気《あっけ》に取られたふうのお爺《じい》さんのつぶやきに、お婆《ばあ》さんが答える。

「はちきんじゃ」

そう聞こえた。

高知の言葉で男勝りという意味らしい。こっちで暮らすようになってから、何度も言われるうちに覚えてしまった。

タイトスカートにヒールのついた靴《くつ》で走っているせいだろう。

行儀《ぎょうぎ》がよくないのは自分でも承知しているが仕方ない。大事な仕事道具を盗《ぬす》まれたのだ。あの中には取材記事が入っている。どうしても取り返さないといけない。

脚力《きゃくりょく》には自信がある。子ども時代には男の子より足が速く、運動会では常に一等だった。パンプスでも余裕《よゆう》で追いつくはずだったのに、一瞬《いっしゅん》足を止めた隙《すき》に子どもたちを見失ってしまった。

はりまや橋の前で立ち尽くす。

駅前大通りの左右の商店街は入り組んでおり、どっちへ逃げたのかわからない。

焦《あせ》るな、焦るな。

まだ近くにいるはずだ。落ち着いて考えよう。

わたしならどこへ隠《かく》れる？　子どもといっても二人いる。うち一人はせいぜい小学一年生程度、そんなに早く走れないだろう。だとしたら脇道《わきみち》だ。店と店の間の路地に姿をひそめているのに違いない。

そう思って当たりをつけたら、いた。

うどん店と駄菓子屋《だがしや》に挟《はさ》まれた細い通りの奥に、痩せた後姿が見えた。凸と凹の身長差。さっきの子たちだ。

今だ。

捕《つか》まえてやろうと一歩足を踏《ふ》み出《だ》したとき、

「これ、もしかしてあんたが？」

駄菓子屋のおばさんが出てきて、暢を見た。

ショルダーバッグをこちらへ差し出している。

「そうです」

「だと思ったんよ。すぐそこに落ちとったんじゃけどな、こがな洒落《しゃれ》た鞄《かばん》、この近所じゃ持っちゅー人おらんきのう」

はい、と手渡され、ありがたく受け取った。

「ちゃんと中を確かめてな。のうなっちゅうもんがあったら、交番に届けんさい」

「――全部あります」

バッグを開けてみると、取材記事は無事だった。財布《さいふ》もある。中身を抜き取られた様子もない。

「ありがとうございました。おかげで助かりました」

礼を言って駄菓子屋を出た後、路地を覗《のぞ》いたら、まだ子どもたちはいた。

暢に気づいた様子はない。傍《かたわ》らにリヤカーを引いた男の人がいた。

二十八の暢と同年代だろう。

日焼けで黒光りした顔をして、首から手拭《てぬぐ》いをかけている。ぶかぶかの白いシャツに白い軍手をつけ、路地をふさぐ格好でリヤカーを置き、子どもたちと話をしている。

暢は彼らに見つからないよう、そっと通りの陰《かげ》に隠《かく》れて様子を窺《うかが》った。

おそらく戦争帰りの軍人さんだ。職がなくて廃品《はいひん》回収をして日銭《ひぜに》を稼《かせ》いでいるのか。市内を歩いていると、ときおり似たような人に出くわすことがある。

その人は軍手を外すと、ズボンのポケットから紙でくるんだパンを出した。

「食うか」

ぽってりと丸く、お腹《なか》のところが指で押したみたいに凹《へこ》んだパンだ。

お兄ちゃんとおぼしき男の子が、返事もせずにパンを摑《つか》んだ。さっとパンを二つに割り、片方を弟に差し出す。

パンにかぶりついたのは弟が先だった。よほど飢《う》えていたのか、ろくに嚙《か》まず吞《の》み込《こ》むように平らげてしまう。

「ほら」

弟が食べ終わると、兄は自分のパンをちぎって弟に与えた。

「いいの？」

上目遣《づか》いで弟が問う。

「いいよ。おいらは腹が空《す》いちょらんのや」

誰《だれ》が聞いても嘘《うそ》とわかることを言って、兄は弟の手にパンを握《にぎ》らせる。

弟はすぐにパンを食べなかった。小さな子どもでも兄が強がりを言っていることはわかるのだろう。泣きそうな顔をして、パンを眺《なが》めている。

しばらくして弟はもらったパンを二つにちぎり、兄に差し出した。

「半分こ」

「全部食うてえいき」

兄がパンを押し返そうとしても、弟は受け取らない。

「いかん。半分こ」

強情に言い張り、いやいやとかぶりを振る。頑固《がんこ》な子だ。

兄がおずおず手を伸ばすと、弟はこけた頰《ほお》に笑窪《えくぼ》を浮かべた。半分のさらに半分だから、ほんの一口でなくなりそうな大きさのパンを、幼い兄弟は分け合って食べた。

薄い肩《かた》をくっつけ、にこにこと笑い合って、大事そうにゆっくり嚙みしめている。

胸がしんとする光景だった。

捕まえたら問答無用で交番に突き出すつもりだった。けれど、今の二人を見たら、もう何も言えなくなってしまった。

「ありがとうございました」

パンを平らげると、兄弟は声を揃えて礼を言い、手をつないで駆けていった。

盗みを働くのはもちろん悪い。いくら子どもでも、いや子どもだからこそ、きちんと罰《ばつ》を与えて正しい道を示すのが大人の役目だと考えていた。でも今になり、それが本当に正しいのかわからなくなる。

ぐう、と気の抜けた音がした。男の人が情けない顔でお腹をさすっている。兄弟が食べている間は堪《こら》えていたのだろう。

親切な人。

おそらくあのパンが彼の昼食だったのだろう。ひょっとすると夕食も兼ねているかもしれない。パンの代わりに水でも飲んで飢《う》えをしのぐのだろうか。

「あの」

我知らず、暢は声をかけた。

くるりと振り返った彼は泣いていた。

削《そ》げた頬にだらだらと涙《なみだ》をこぼし、口をへの字に結んでいる。

暢と目が合うと、声をかけられるのを避けるように下を向き、リヤカーを引いて路地の先へ去っていった。名前を訊《き》く隙もなかった。

それが嵩さんだ。


しばらく後に再会を果たした。

一目見て、リヤカーの人だとすぐにわかった。あの日と違い、丸眼鏡をかけていたが、黒光りした顔と痩せた体格はそのままだ。

嵩さんは暢の勤める高知新聞社に採用され、同僚《どうりょう》としてあらわれたのだ。社会部配属で記者をするという。

背広姿の嵩さんは、暢のいる『月刊高知』編集室にも挨拶《あいさつ》に来た。

「初めまして。柳瀬《やなせ》嵩です」

律儀《りちぎ》に頭を下げる。嵩さんは暢を憶《おぼ》えていなかった。

丸眼鏡の奥の目を覗《のぞ》き込《こ》むと、嵩さんは不思議そうに首を傾《かし》げた。なんだ。本当に憶えていないみたい。

「小松《こまつ》です」

暢は澄《す》まし顔《がお》を作り、初対面をよそおった。初日に交わした言葉はそれだけだ。

なんだ。

もう一度、思った。

涙を見られたのが決まり悪くて、とぼけているわけでもなさそうだ。肩透かしを食らった気分だった。

親しく口を利くようになったのは、嵩さんが『月刊高知』編集室に異動してきてからだ。同じ島の真正面で仕事をすることになり、おのずと話す機会が増えた。

――ぼくの一目惚《ひとめぼ》れだったんです。

後に嵩さんはインタビューで、暢との馴《な》れ初《そ》めについてそう語っている。

――毎日こんな綺麗《きれい》な人の顔を見ながら仕事ができるなんて、いい会社だと思った。

おかげで暢は美人の奥方《おくがた》ということになっているけれど。

本当は暢が先に見つけたことを、嵩さんはいまだに知らない。


あれから約半世紀が過ぎた。

今、嵩さんは病室の枕《まくら》もとにいる。

備え付けの丸椅子《まるいす》に腰かけ、暢の顔を見ている。

七十五の老妻の顔を眺めたところで何が楽しいのかと思うが、忙《いそが》しい時間をやり繰りし、連日通ってきては飽《あ》きもせず眺めている。おおかた担当医に「もって、あと数日」とでも宣告されたのだろう。

「どこか痛いところはないかい？」

見舞いにくるたび、嵩さんは決まって同じことを訊《たず》ねる。

「大丈夫《だいじょうぶ》。お薬が効いているから。どこも痛くないわ」

「そうか」

ちっとも信じていない顔でつぶやき、目をしばたたくのもいつものこと。

暢の命は消えようとしている。

癌《がん》で余命三カ月と宣告を受けたのは一昨年だから、ずいぶん頑張ったほうだ。嵩さんが一九九一（平成三）年に文化庁より勲四等瑞宝章《くんよんとうずいほうしょう》を受章した際には、治療中の身ながら着物で夫婦揃って勲章伝達式に出席することが叶《かな》ったのだが。

あれから二年。

いくつかの波を経て病状が悪化し、とうとう死期が迫ってきた。

もう少し頑張れる気がしていたのだけど、どうも無理みたいだ。今は十一月。来年の桜は難しくとも、お正月を迎えるまでは。そう思いながら、病室の壁《かべ》に掛かるカレンダーを睨《にら》んできたけれど、十二月までもつかどうか。

嵩さんはベッド脇の丸椅子に腰かけている。

半白の眉《まゆ》を曇《くも》らせ、泣き笑いの面持《おもも》ちで、わたしの手をずっと握りしめている。

こんなに早く逝《い》かれるとは思わなかった。

困るよ、ぼくは家のことが何もできないんだから、と顔に書いてある。正直な人だけに、思っていることが全部顔に出るのだ。

世の亭主の常として、嵩さんも自分のほうが早く死ぬと決めてかかっていたらしい。おあいにくさま。そう都合良くいかないのが人生だと、この歳《とし》まで生きてればわかっているでしょうに。

「何か面白《おもしろ》い話をしてくれる？　入院暮らしは退屈なの」

先のことを考えるのは暢も辛《つら》い。

自分の体は自分が一番よくわかるというのは本当だ。

暢はじきに死ぬ。医者に教えてもらわずとも、ちゃんと体が教えてくれる。

こういう状況《じょうきょう》に置かれた夫婦は、いったいどんな話をするのだろう。何だかんだ言って、やはりお金の話か。

しかし、暢は入院前に書き置きをした。嵩さんは世の夫の常で、家の中のことは何も知らない。どの銀行にいくら預けてあって、通帳はどこにしまってあるのか。暢がいなくなっても困らないよう、保険や証券といった諸々《もろもろ》について一覧にまとめてきた。

だから、ここでお金の話はしなくてよし。

そんなことより面白い話が聞きたい。覚悟《かくご》を決めたつもりでも、気を抜くとすぐに暗い気持ちになるのが病人だ。残り少ない日々ならせめて笑って過ごしたい。

「仕事の話は嫌《いや》よ。体力が落ちているせいかしら、難しい話を聞くと眠《ねむ》くなるの」

牽制《けんせい》すると、嵩さんは白髪《しらが》交じりの眉を下げた。

「好都合じゃないか。眠れなくて困っているんだろう？」

「昼寝をしたら、ますます夜に眠れなくなるでしょう。だから仕事の話は駄目《だめ》。楽しい夢を見られるような話がいいわ」

未来の話をするのが辛いというのが本音だが、それは言わないでおく。

「うーん。難しい注文だね」

腕組《うでぐ》みをして、嵩さんは考える面持ちになった。

「悩《なや》むことはないでしょう。年寄りのする面白い話といえば、昔話に決まっているじゃない。子ども時代のことを聞かせてほしいわ。うんと小さい頃の」

「ふうん、昔話か。あまり面白くないんじゃないかな」

「あら、どうして」

「ぼくは鈍《どん》くさい子どもだったからね。格好悪い話ばかりだけどいいかい」

「そういう話が聞きたいのよ。とっておきの失敗談を披露《ひろう》して、笑わせてちょうだい」

「意地悪だなあ」

嵩さんはぼやき、ちょっと頭を掻《か》いた。

数年前、白内障の手術をして良くなった目の中を覗くと、すっかり肉の落ちたお婆さんが映っていた。一瞬、誰の顔かと思うほどの変わりようだ。見舞いにくるたびこの顔を見せられては、さぞや辛いだろう。死ぬのも死なれるのも楽ではない。看病する側にも気を休める時間が要《い》る。そのための愉快《ゆかい》な昔話だ。

「さ、聞かせてちょうだいな」

たとえ現実逃避《とうひ》でも、二人で笑っていられるほうがいい。

「できるだけ昔の話にしてね。学生時代より前がいいわ。物心ついたばかりの可愛《かわい》いぼくちゃん時代の話なんてどう？」

「ぼくは可愛くなかったよ」

「あらま」

「弟は可愛かったけどね。丸顔に丸い目で、ふくふくして」

「アンパンみたいねえ」

「うん。よく似ていたなあ。顔もそうだし、気持ちの優しいところも」

「会ってみたかったわ。丸顔で丸い目の小さなアンパンマン。やっぱり産声《うぶごえ》は『ぱーぴぷーぺぽー』だったの？」

「そりゃ、ばいきんまんだ」

嵩さんは目尻《めじり》にくしゃりと皺《しわ》を寄せた。

良かった。やっと笑ってくれた。

「ぼくとは二つ違いだからね。あいつが産まれた日のことは憶えていないよ。当時は上海《シャンハイ》にいたはずなんだけど」

「帰国子女ね」

「格好いいだろ。といっても、中国語は喋《しゃべ》れないけど」

「ニイハオ」

「それくらいはわかるよ」

耳に心地良い声がゆったり語りかけてくる。


一九一九（大正八）年二月六日。

嵩さんの生まれ故郷は、高知県香美郡在所村朴ノ木《かみぐんざいしょむらほおのき》（現・高知県香美市香北町朴ノ木）だ。

物部川《ものべがわ》の流れる、草深い鄙《ひな》びた村だという。お墓は高い山を登ったところにあり、お参りするにも一苦労だ。

柳瀬家の墓石には、柳瀬快蔵宗武とある。

もとは武家で、当主の治太郎《ぢたろう》と妻の貞衛《さだえ》の間には七人の子があった。

長女の由衛《よしえ》を筆頭に、長男が寛《ひろし》、次男は清《きよし》、次女が喜美代《きみよ》で三女が澄《すみ》、四女が繁《しげ》以《い》、三男が正周《まさちか》で末っ子。三男四女と両親の計九人が、在所村の本家で暮らしていた。

父親の清は柳瀬家の次男坊で母は登喜子《ときこ》。

夫婦の長男として、嵩さんはこの世に生を受けた。

地名についている朴ノ木は、在所村のそこかしこに生えている。輪生状《りんせいじょう》に三十センチほどの大きな葉をつけ、樹高三十メートルにも及ぶ。桐《きり》や檜のような高値はつかないかもしれないが、おおらかな立ち姿は眺めていて心地よい。下駄《げた》の歯として使われるか、まな板になるか。柔《やわ》らかくて扱《あつか》いやすく、まな板にしたとき、包丁に刃《は》こぼれさせることがないのが取《と》り柄《え》だという。

「まるで、ぼくみたいだろう」

ひとしきり朴ノ木をけなした後、嵩さんはそう言って自嘲《じちょう》した。

「当たりの柔らかいところが？」

「地味なところだよ」

「謙遜《けんそん》もし過ぎると嫌味《いやみ》よ。勲四等瑞宝章をいただいたでしょう」

「あれは『頑張ったで賞』だよ。ぼくみたいな凡才が七十を過ぎても懸命《けんめい》にやってるから、国がねぎらってくれたんだ」

「敬老の日の肩たたき券みたいな言い方をして。罰当《ばちあ》たりな人ねえ」

長年の不遇《ふぐう》時代の積み重ねか、嵩さんは中々自分を褒《ほ》めない。

若い頃、身近にいた天才たちを思い浮かべているのか、嵩さんは遠い目をした。そのまま不遇の漫画家《まんがか》時代の話に流れそうで、暢は横槍《よこやり》を入れた。

「駄目よ」

「え？」

「今、頭に手塚《てづか》さんを思い浮かべたでしょう」

「思い浮かべてないよ」

「じゃあ、横山隆一《よこやまりゅういち》先生ね」

「……違うって」

だとしても、有名な漫画家と引き比べ、目立たなかった若い頃を思い出していたに決まっている。

「言ったでしょう、わたしが聞きたいのはもっと昔の話なの。売れない時代の苦労談はいったん脇へ置いてちょうだい。浪花節《なにわぶし》を聞きたい気分じゃないのよ」

「厳しいなあ、おぶちゃんは」

口を尖《とが》らせ、文句を言う。

暢ちゃんが派生して、おぶちゃん。

外では格好つけて「カミさん」と亭主関白《ていしゅかんぱく》ぶっているものの、家の中の嵩さんはいまだに恋人《こいびと》時代の愛称《あいしょう》で暢を呼ぶ。

朴ノ木みたいな人だというのは、暢も認める。

嵩さんは控えめな人だ。国から表彰されても驕《おご》らず、自分は凡才と言い続けている。でも、朴ノ木を地味と称することは承服できない。人の都合で勝手につけた値で木の価値を測るのはおかしい。

初夏になると、朴ノ木は香りのいいクリーム色の花をつける。ぽってりとした肉厚の花びらは直径二十センチほどもあり、遠目にも白く輝く。毎年五月の初めに朴ノ木が咲《さ》くと、香美の人たちは今年も夏が来たと、白い花を見上げる。いい木じゃないの、と暢は思う。

「わたしが聞きたいのは可愛い子ども時代の話なの。面白いのをお願い」

「そうだったね。じゃあ、父さんの葬式《そうしき》のときのことを話すよ」

まったく。

面白い話が聞きたいと頼んでいるのに、そんなことを言い出す。困った夫だ。内心苦笑していると、嵩さんも気づいたようで、ふたたび半白の頭を掻いた。

「しまった。おぶちゃんが聞きたいのは面白い話だったね。葬式の話じゃ笑えないかもしれないな。でもまあ、可愛い弟も出てくるからいいだろ」

「それでいいわ。聞かせて」

「わかった」

うなずくと、嵩さんは昔話を始めた。

2

ぼくの父さんは五歳のときに死んだ。

前にも話したと思うけど、東京朝日新聞で記者をしていてね。大正十二（一九二三）年に単身で上海に赴任《ふにん》した。

弟の千尋《ちひろ》を産んだ後、母さんはぼくたちを連れて故郷に戻った。

物心つく前に離れたせいで、父さんの記憶《きおく》はあまり残っていない。でも、後から聞いたら、ひどく懐《なつ》いていたみたいだ。母さんには叱《しか》られることが多かったせいかな。それとも子どもなりの直感で、長くは一緒《いっしょ》にいられないと悟《さと》っていたのかもしれない。

父さんが死んだのは大正十三（一九二四）年のことだった。

享年《きょうねん》三十二。気鋭《きえい》の新聞記者で将来を嘱望《しょくぼう》されていたらしい。

東京朝日新聞に入ったのも引き抜きでね。そんな父が早世して、周囲はかなり嘆《なげ》いていたよ。

赴任地《ふにんち》で病を得て客死《かくし》したのだそうだが、知らせを受けた日のことは記憶にない。

憶えているのは葬式のときの大人たちのすすり泣きと、千尋の澄《す》んだ笑い声だ。

＊

陽《ひ》だまりの庭で木の葉が踊《おど》っている。

春先の風はゆるやかで、そこはかとなく線香《せんこう》のにおいがした。

嵩は弟の千尋と二人で庭にいた。大人たちは葬式の支度《したく》で忙しく、祖母に外で遊んでいるよう言われたのだ。

晴れた日で、空で鳶《とび》がぴゅるるる、と飛んでいた。

東京の借家と違い、父の故郷の家は二部屋だけの狭い家ながら、庭があった。そこには太い幹の梅の木が植わっている。もう花の時期は終わっていたけれど、その代わり、辺りでは朴ノ木がこぼれんばかりに咲いていた。うららと風が光る昼下がりの陽《ひ》を浴びて、白い花は笑っているみたいだった。

「あー、曲がっちゃった」

千尋は澄んだ声を上げ、別珍《べっちん》の鼻緒《はなお》のついた草履《ぞうり》で地面を蹴《け》った。

その拍子《ひょうし》に長い袂《たもと》が揺《ゆ》れる。葬式のために、千尋は縮緬《ちりめん》のよそゆきを着せられていた。胸高《むなだか》に帯を締《し》め、おかっぱの髪《かみ》を風になびかせている。

嵩もよそゆきを着せられているが、肩揚《かたあ》げがそのままで袖《そで》がつんつるてんだ。

母の登喜子は気づいていないのか何も言わない。祖母の貞衛は何か言いたそうだが黙《だま》っている。こんな日によけいな世話を焼いて、嫁《よめ》と揉《も》めたくないのだろう。

むき出しの手首はすうすうとして心細い。袖丈《そでたけ》と同様、袂も短かったが、こちらは動きやすくて楽だった。

朝ご飯を食べた後、二人で庭へ出され、ずっとビー玉遊びをしている。

地面に描《か》いた丸い輪の中にビー玉を並べ、十歩下がって交互《こうご》にビー玉をはじく。輪の中から多く出せた者が勝ちという単純な遊びだ。

千尋は袂を地面に引きずっていた。祖母から「よそゆきやき汚さんようにな」、と注意を受けたことは頭にないらしい。

「次は兄ちゃんの番」

無邪気《むじゃき》な顔で言い、はい、とビー玉を嵩の手のひらに落とす。

「よし」

親指と人差し指でビー玉をはじいたが、力んだせいか、狙《ねら》いを外してしまった。ビー玉は斜《なな》め前に転がっていき、丸い輪の手前で止まる。

「兄ちゃんの下手くそ」

「うるさいなあ。お前こそ一つも取れてないじゃないか」

「今度は取るもん」

どいて、と嵩を押しのけ、千尋はお気に入りの赤いビー玉を握り込み、着物の裾《すそ》を割ってしゃがみ込んだ。

三歳の千尋は楽しそうだが、五歳の嵩にビー玉遊びは退屈だ。

父の清が子どもの頃に使っていたというビー玉は、古びてところどころ傷がついていた。小石混じりの庭ではまっすぐに転がらず、途中で左右に曲がって容易に輪まで届かない。千尋は夢中になって何度も転がしていたが、嵩はすぐに飽きた。

弟を尻目に梅の木を見上げる。

新緑の季節で葉が青々と茂《しげ》り、日差しに温められた太い幹は左右にのびやかな枝が張り出していた。登ったら気持ちいいだろうなと思いつつ目線を下げると、足をかけるのに頃合いの枝があった。

条件反射でしがみつき、両手と両足を使って梅の木に登った。

横に張り出した枝に座ると、いつもと見える景色が違う。空も屋根も近くて、勢いをつけて跳《と》んだら届きそうだ。嵩がこんなところにいると家の者は誰も知らない。それが愉快で、口笛を吹《ふ》きたくなった。

庭を見下ろすと、千尋はビー玉に夢中だ。

あ、気がついた。すぐ横にいたはずの嵩を捜《さが》してきょろきょろしている。

「兄ちゃん？」

「どーこだ」

声色《こわいろ》を作り、木の上から呼びかけた。

「えー」

まさか木の上にいるとは想像がつかないようで、千尋はあさってのほうを見ている。土で汚れた袂をぶらぶらさせている。もっとからかってやりたいところだが、この辺で止《よ》しておかないと泣かれる。

「おーい」

嵩はさっきより大きな声で千尋に呼びかけた。

「上だよ、上」

種明かしをして、ついでに細い枝をゆさゆさ揺らす。

「あっ、兄ちゃん」

「へへ」

はじかれるようにこちらを見上げ、ぱっと目を見開いた千尋に手を振った。それから登ったときと同じように、幹に両手を回してずるずると降りる。

「ぼくもやる」

「千尋は手が届かないだろ」

「やだ。やる」

言うなり、さっそく梅の木にしがみついた。

「……どうやるの？」

枝に足をかけたものの、その先どうやって登るのかわからないらしい。

「手を伸ばして上の枝を摑むんだ」

「できない」

小さな千尋は幹にしがみつくのが精いっぱいだ。嵩が尻《しり》を押してやっても手は枝に届かず、木から落ちて尻餅《しりもち》をついた。それでも懲《こ》りずにまた幹へしがみつく。

「危ないだろ。降りろよ」

嵩が注意すると、千尋は意地になった。

顔をぺたりと幹につけ、暴れて木から引きはがそうとする嵩を足で払いのけようとする。むきになった三歳児の力は案外強く、手の甲《こう》を思い切り蹴《け》られた。その勢いで態勢を崩《くず》し、千尋が木から転がり落ちる。

しまった。

地面にひっくり返った千尋を見て、嵩は固まった。どうしようと思って硬直《こうちょく》していると、千尋は自分ですっくと身を起こし、立ち上がった。

「え、え——」

慌てる嵩をよそに、千尋はふたたび梅の木へ挑《いど》んだ。小さいくせに根性がある。半ば呆《あき》れつつ帯を引っ張ったら、また落ちた。

抱き起こしてやり、ぱんぱんと着物を叩《たた》いて埃《ほこり》を払《はら》うと、千尋はやにわに駆けだした。追いかけていくと、草むらで裾をたくし上げた。

なんだ、おしっこか。

遊んでいるうちに千尋がもよおすのはいつものこと。本当は厠《かわや》へ連れていってやったほうがいいのだが、そうしているうちに漏《も》らしそうだ。放っておくと、千尋が立っている辺りの草むらで蛇《へび》の目《め》がぴかりと光った。

「うわっ」

声を上げ、嵩は尻餅をついた。

その途端、以心伝心したように千尋が泣き出した。裾を下ろし、地面で大の字になって泣く。

その声を聞きつけ、祖母の貞衛が庭へ転がり出てきた。

「蛇？　そんなもん、どこにもいないが」

貞衛は嵩の訴えに眉をひそめた。

「どうせ青大将《あおだいしょう》やろ。見つけたら、首根っこを捕まえて振り回してやり」

ぶつぶつ言いながら、棒切れを片手にあちこち草むらを覗《のぞ》いている。

用を足し終えた千尋と二人、くっついて貞衛の様子を見守った。

東京の借家もすぐ目の前に原っぱがあったが、蛇など見たことがなかった。さすが田舎《いなか》は違う。いきなり出てきて嚙みつくとも知れないのに、よくも平気で捜せるものだと、子ども心にも貞衛の雄姿《ゆうし》に感心していると、

「あー、これじゃな」

声を裏返らせた貞衛がおもむろに草むらへ手を突っ込んだ。

思わず両手で顔を覆うと、

「嵩は怖《こわ》がりやのう」

貞衛はくっくっと笑いながら、ビー玉をつまみ上げた。

「ほれ。こいつが蛇の正体じゃろ」

両手の隙間から黄色いビー玉が見えた。日差しを受け、きらりと光る。なんだ。ビー玉か。安心して気が抜けた嵩の横で、千尋が泣き止み、きゃっきゃと喜んでいる。

「とんだ枯《か》れ尾花《おばな》じゃったが」

謎《なぞ》の呪文《じゅもん》を唱えつつ、祖母は嵩の手のひらへビー玉を落とすと、家に戻っていった。

まだ心臓がばくばくしている。

本当に見間違いだったのかどうか。疑い深い嵩は安心できなかった。今にも草むらから蛇が這《は》い出《で》てきそうで、ちびりそうだと思っていると、もう片方の手にそっと柔《やわ》らかなものが滑《すべ》り込《こ》んだ。千尋がこちらを見上げ、にこにこ笑っている。

「兄ちゃん、お腹空いた」

手をつないで家に戻り、二人で葬式用の田舎寿司《いなかずし》を食べた。

登喜子はどこにいるのか姿が見えなかった。帰郷してからというもの、嵩たちの世話をしているのは貞衛だった。

椎茸《しいたけ》や茗荷《みょうが》、こんにゃくを載《の》せた田舎寿司は、酢《す》の代わりに柚子《ゆず》の香りがした。甘《あま》い普通のいなり寿司が食べたいと思いつつ、嵩は涙の代わりに田舎寿司を飲み込んだ。遊び疲れた千尋がもたれかかり、すうすう寝息を立てている。

父の葬式には大勢の弔問客《ちょうもんきゃく》が訪れた。

日陰《ひかげ》に黒く固まった雪が残る田舎道を、長男の嵩は千尋を従え、先頭に立って歩いた。

「まあ、めんこい」

千尋を見て、弔問客は口々に褒めそやした。

ふっくらとした丸顔で色白の千尋は、目が大きくてまつ毛も長く、しょっちゅう女の子に間違えられる。

「お兄ちゃんは利発そうじゃ」

葬列の時間になると、登喜子は貞衛に付き添われて出てきた。もとより色白の顔が青くむくんで、嵩は声をかけられなかった。

登喜子はハンカチを目に当て、鼻をぐずぐずさせ、貞衛に摑まるようにしてうつむいている。嵩と千尋がすぐ傍《そば》にいるのに、まるで気にする様子がない。登喜子は悲しむことで精いっぱいで、母であることを忘れてしまったみたいだった。

「しっかりせんと。あんた、母親なんやき」

家には母方の祖母の鉄《てつ》も手伝いに来ていた。登喜子が自分の母親に小声で叱られるのを横目で見つつ、嵩はことさら元気よく両腕《りょううで》を振って葬列の先頭を歩いた。

人の死というものを、当時五歳の嵩はあまりよく理解していなかった。大人たちが泣いているのが不穏《ふおん》で、ひたすら居心地《いごこち》の悪さを感じていた。

三歳の千尋はまるでわかっておらず、葬式の間中ずっとふざけていた。泣いている大人の前でわざとおどけて変な顔をして見せたり、嬌声《きょうせい》を上げて走り回ったりと好き放題している。

嵩もそれに合わせて笑っていたが、胸の底はしんと静まり返っていた。

おぼろげながら、父の身に悪いことが起きたことは感じていた。気の強い登喜子が、化粧《けしょう》が落ちるのも構わず涙で顔を汚しているのだから間違いない。黒い着物で訪れる弔問客が父の話をして、決まって登喜子に励ましの言葉をかけるのも不吉《ふきつ》に思えた。

それに加えてお坊さんだ。仰々《ぎょうぎょう》しく袈裟《けさ》をかけたなりを見るだけで、恐怖心《きょうふしん》を煽《あお》られる。

お経は何を言っているのやら、ちっとも聞き取れない。

千尋は面白がって口真似したが、嵩は怖くてできなかった。読経《どきょう》の間、嵩は目をぎゅっと閉じていた。ぽくぽく鳴る木魚《もくぎょ》も、読経の合間のおりんの音もひたすら不気味でしょうがない。

弔問客は帰っていくとき、嵩と千尋を見て、痛いような、苦しいような顔をする。慰《なぐ》めるつもりで笑いかけると、弔問客は目を赤くして、嵩と千尋の頭を撫《な》でていった。

親類や近所の人が入れ代わり立ち代わり訪ねては、お線香を上げていった。葬列で日向《ひなた》の道を歩いたせいか、家の中は薄暗かった。そこへ黒い服を着た大人が続々と集まり、振る舞いの宴会《えんかい》が始まる。

登喜子は客間にぼうっと座《すわ》っていた。料理やお酒を用意するのは親類の者に任せる代わりに、弔問客の相手をするよう貞衛に言い含められているのに、誰が挨拶に来ても泣くばかりで話にならなかった。

結局、貞衛がその場を仕切り、母は後ろで項垂《うなだ》れていた。とても見ていられず、嵩は家を抜け出し、近くの原っぱで膝《ひざ》を抱えた。

甘い香りに誘われ首を伸ばしたら、朴ノ木の花が咲いていた。丸みを帯びた白い花が風を受けて静かに揺れている。それを眺めているうちに、すとんと悲しい気持ちが胸に落っこちてきた。

五歳は子どもだが、生まれたての赤ん坊ではない。父がいなくなったことは理解していた。物心つく前に上海と日本に別れて暮らしており、ほとんど記憶はなく、顔は写真でしか知らない。それでも父さんだ。もう会えないのは寂《さび》しい。

弔問客が引き上げると、急に家の中はひっそりした。

夜になり、貞衛と登喜子と千尋の四人で布団《ふとん》を並べて寝た。東京の借家も広くはなかったが、在所村の家はもっと狭《せま》く、部屋は二間きりだ。

重たい布団にくるまり、みんなで身をくっつけていると、真っ暗闇《くらやみ》でもそんなに怖くない。昼間の不気味な興奮が徐々に薄れていく。

枕に頭をつけるとすぐに瞼《まぶた》が重くなり、嵩はあっという間に眠りに吸い込まれた。夢うつつに登喜子のしのび泣く声と、貞衛の鼾《いびき》が聞こえたのを憶えている。あんまりうるさかったせいか、その日はガマガエルが出てくる夢を見た。

＊

四十九日を済ませて一段落すると、嵩は鉄と登喜子の三人で高知市内に移った。

夫を亡くした娘が不憫《ふびん》なのか、在所村永野の谷内家から鉄が出てきて、一緒に住むことになったのだ。場所は登喜子の希望で高知市内に決まり、お城に近い追手筋《おうてすじ》で、岸野先生という医者の家の離れで三人暮らしが始まった。

在所村の家も狭《せま》かったが、追手筋の家はもっと狭かった。谷内家は財産家だが、鉄の夫の保定が遊蕩《ゆうとう》したせいで家産が傾いており、登喜子が未亡人になったときにも特段の援助はなかったのかもしれない。

借りた離れは八畳間に小さな台所がついているきりで、簞笥《たんす》と登喜子の鏡台を置くので精いっぱいだった。もし千尋が一緒なら、さすがに狭くて大変だっただろう。

一九二五（大正十四）年、嵩は学齢《がくれい》を迎え、歩いて三分の高知市立第三小学校に入った。記者だった父譲《ゆず》りか、物心ついた頃より本を読むのが好きで、四歳のときには片仮名も平仮名も読めるようになっていた。

一学期の成績は唱歌を除いて甲が並び、嵩は副級長に任命された。

嵩は胸に副級長のしるしの黄色い布をつけ、毎日元気よく登校した。歌だけは下手だったが、学校は楽しく、弟と別れた寂しさもさして感じなかった。

千尋は伯父《おじ》の寛の家へもらわれていった。

父は伯父と、万一のことがあった際には次男の千尋を養子とするよう生前に取り決めていたらしい。新聞社の特派員として異国へ赴任するという仕事柄、父は客死することも覚悟していたのだろう。

寛は、長岡郡後免町《ながおかぐんごめんちょう》（現・南国市後免町）で内科と小児科の柳瀬医院を開業していた。

妻キミとの間に子はおらず、清が死んだら、次男の千尋を医院の跡継《あとつ》ぎとして、養子にもらう約束をしていたようだ。

四十九日の後、朴ノ木の家に伯父夫婦がやって来た。いつもより高い菓子を手土産《てみやげ》にぶら下げ、千尋にはおもちゃまで用意してきた。

三歳の千尋は何も知らず、高知市内で買ったというカラフルな積み木を喜んだ。嵩は指を咥《くわ》えて見ているだけだった。

縁側《えんがわ》でさっそく積み木遊びを始めた千尋を、キミが目を細めて見ていた。その様子を遠目に窺《うかが》う嵩の視線に気づき、寛が申し訳なさそうに目を伏せた。嵩にはおもちゃの土産はなかったのだ。

父との生前からの約束でもあり、あらかじめ話はまとまっていたのだろう。その日の夕方前に伯父夫婦は千尋を連れていった。

「ばいばい」

遊びに行くとしか思っていない千尋が、こちらを振り向き無邪気に手を振る。

「じゃあな。腹を出して寝るなよ」

後免町の伯父の家には、これまで何度も行ったことがある。これが最後の別れになるわけではないと頭でわかっていても、胸に穴があき、すうすうと風が通り抜けるような気持ちがした。

千尋が去った後、嵩は家の中で遊ぶようになった。

追手筋の家は母屋の門のところからお城が見える。毎日、天守閣近くの棒に天気予報の旗が掲げられるのが面白かった。晴れなら白、雨なら黒。正午になるとお城の大《たい》砲《ほう》がドン、と鳴って時刻を知らせてくれる。

よその子とは違い、嵩は白旗の日にも家にいることが多かった。せっかく広い庭があっても、一人で駆け回るのはつまらない。

登喜子が琴《こと》や三味線《しゃみせん》の習い事に出かけると、嵩は静かな家で本を読んだ。新聞記者だった父は読書家で、二人の息子にも本の好きな子に育ってほしかったのだろう。家には絵本や童話の類がたくさんあった。東京の借家を離れるときも、登喜子が引っ越しの荷物に入れてくれたおかげで、嵩は読むものに困らなかった。

八畳間の砂壁《すなかべ》にもたれ、インクのにおいのする本を開く。

暑い日でも開け放した窓からは夏の風が入ってくる。

立てた膝の後ろが汗ばんでいるのを感じながら、ページをめくる。蟬《せみ》の鳴き声に気を取られるのは最初のうちだけで、すぐに物語の世界に没頭《ぼっとう》して何も聞こえなくなる。

登場人物になりきり、数々の冒険《ぼうけん》をするのが何より楽しかった。本を読んでいるときは、父が死んだことも、弟が養子にもらわれていったことも忘れていられる。

くたびれてあくびをすると、鉄がおやつを出してくれた。

「さあ、お食べ」

サツマイモに衣《ころも》をつけて揚《あ》げた天ぷらが定番だった。

「またこれ？」

「嵩ちゃん、芋天《いもてん》好きじゃろう」

確かに好物だが、しょっちゅう出されると飽きる。たまには別のお菓子が食べたいと思いつつ、いざ口にすると芋天はいつだってうまい。そもそも分厚い衣が香ばしくておいしい。ほくほくとしたサツマイモの甘みと、ほんのり塩気の利いた衣が口の中で混ざり合うのがたまらず、文句を言う割に、すぐ二つ目に手が伸びる。

爪楊枝《つまようじ》を差して食べるのが高知流だ。

「ほれ、そがに急いで食べると喉に詰まりようぜよ。麦茶も飲みんさい」

毎日薬缶《やかん》で作る麦茶は、味が濃くておいしい。傍《はた》から見ればつましい生活だろうが、鉄のおかげで何の不自由もなかった。

満腹になった後は昼寝だ。

鉄と並んで畳に寝転び、風鈴の音を聞きながら一寝入りする。

起きると、外はまだ明るい。本の続きを読むのは明日にして、スケッチブックを広げて絵を描く。日の長い夏はいつまでも暮れず、嵩には有り余る時間があった。

安芸《あき》の国《くに》から十五で谷内家に嫁《とつ》ぎ、放蕩者《ほうとうもの》の夫に仕えてさんざん苦労したからか、鉄はおとなしい孫が気に入っていたようで、子ども心にも甘やかされているのを感じた。

西日が射《さ》す頃、登喜子が帰ってくる。

登喜子は毎日お稽古事《けいこごと》に精を出していた。生家の谷内家に頼らず、自活して食べていく道を模索《もさく》するため、琴に三味線、茶の湯に生け花、謡曲《ようきょく》と、片端《かたっぱし》から習っていたようだ。

お稽古事から帰ると、登喜子はよそゆきから普段着の木綿に着替え、鉄と並んで台所に立つ。白い前掛けをつけ、袖を襷《たすき》で括《くく》った登喜子の姿を見るとほっとした。必ず帰ってくると承知しているのに、留守番の間は気持ちが何となく落ち着かない。

夕ご飯の後は風呂だ。登喜子と鉄に挟まれ、近所の銭湯へ行く。

学齢前の子どもだからと、嵩は女湯に入る。

風呂から上がると浴衣《ゆかた》に着替え、下駄をからころ鳴らして家に帰り、鉄に布団を敷《し》いてもらって寝る。これが一日の締《し》めくくりだ。

鏡台の前に正座して、化粧水《けしょうすい》をつけている登喜子を眺めているうちに眠気が差してくる。白粉《おしろい》を落とした登喜子の顔は眉尻《まゆじり》がなく、肌《はだ》がてらてら光っている。

早く一緒に寝たいのに顔の手入れは終わらない。

化粧水の次は髪の手入れだ。椿油《つばきあぶら》を手に取り、毛先からなじませて櫛《くし》でとかす。薄暗い部屋の中にむうっと椿油のにおいが広がる。終わるまで起きて待っていようと思いつつ、登喜子が髪を梳《くしけず》る音を聞いているうちに、ことんと瞼が閉じてしまう。

目が覚めると、隣《となり》に敷いてあったはずの布団はもう上がっており、登喜子も鉄も台所に立っている。

鉄に手伝ってもらって着替え、朝ご飯の膳《ぜん》につくと、登喜子はもう化粧を済ませている。よそゆきの銘仙《めいせん》を着ているのに気づき、内心落胆《らくたん》する。

父が死んでからというもの、登喜子はほとんど毎日外出する。「仕事ながやきしゃあないでしょう」と言うが、実際にはお稽古事だ。五歳の子どもにも、それが仕事かどうか疑問なのだが、叱られるのが怖くて言い出せない。

「お祖母ちゃんの言うことを聞いて、えい子にしていなさい」

離れの勝手口で言い含めると、登喜子は日差しよけのパラソルを差し、笑顔を残して出かけていく。

嵩は下駄を引っかけ、登喜子の後ろにくっついていった。通りに出るところまで見送るのが日課なのだ。

が、苦手な人を見つけて立ち止まる。

「お出かけ?」

庭で水撒《みずま》きをしている母屋《おもや》の奥さんが声をかけた。

「ええ、お稽古の先生のところへ」

「おや、今日も？　たしか昨日も、琴だか三味線だかのお稽古じゃったろう」

「今日は茶の湯のお稽古にまいります」

「まあ、そう。励んでいらっしゃいのぉ」

「行ってまいります」

母屋の奥さんに笑顔で会釈《えしゃく》して、登喜子は通りへ出ていく。その後ろ姿を目で追い、ふん、と鼻を鳴らした奥さんは、突っ立っている嵩に気づくと、取ってつけたような愛想笑《あいそわら》いを浮かべる。

「嵩ちゃんのお母さんは綺麗ねえ」

こういうとき、何と返せばいいのかわからない。

素直に「うん」と答えるところではないのは子どもながらわかる。

母屋の奥さんは嫌味を言っているのだ。

綺麗はちっとも褒め言葉じゃない。ならば謙遜すべきなのか。とはいえ「綺麗じゃないです」と心にもない返事をするのも癪《しゃく》で、口をもごもごさせているうちに、奥さんは水撒きを終えて家に入ってしまう。

うちは父さんが死んで大変なんだ。母屋の奥さんに言いたいのに言えない。

登喜子は顔の造作が大きく、身に着けるものは色も柄《がら》も派手好みで、一家の大黒柱という雰囲気には見えない。でも、それは分不相応な贅沢《ぜいたく》をしているのとは違う。嵩の知る限り、父の死後、登喜子が新しい着物を誂《あつら》えたことなどなかった。

身に着けているのは、どれも嫁入り前に谷内家の祖父母に持たせてもらった衣装だ。保定の好みか、あるいは顔立ちに合わせて誂えたのか、確かに派手で手の込んだものが多く、数もたくさんある。新しいものを誂える余裕がなく、前と同じものを着ているだけで、父の遺した金で着道楽をしているわけではないのだが、それも謗《そし》りの種になる。

小さな子を抱えた未亡人が、毎日よそゆきに身を包み、濃い化粧で出かけていくのが面白くないのか、登喜子はしょっちゅう悪口を言われていた。

人に言わせると、未亡人はもっと控えめにしているべきなのだという。

子育てを実母に押しつけ、ちゃらちゃら着飾って出歩くなんてとんでもない罰当たりで、世間の常識では考えられないらしい。

ちょっと顔が綺麗だからって、いちいち習い事へ行くのに化粧をしていく者がどこにいる。近所のおばさん連中は井戸端《いどばた》に固まり、しょっちゅうヒソヒソやっていた。

どうせなら、そういう母の美貌《びぼう》が遺伝すれば良かったのだが、残念ながら、嵩は器量に恵まれなかった。目が細く、情けない下がり眉の痩《や》せっぽちだ。登喜子の顔を見慣れているせいか、鏡で自分の顔を見るとがっかりする。

それでも登喜子にとっては可愛い息子だったようだ。

高知市内の市立第三小学校に入学すると、嵩は紺《こん》サージの半ズボンで登校した。頭には房《ふさ》のついた帽子《ぼうし》をかぶり、長い靴下《くつした》にベルトのついた靴を履《は》く。上海帰りの亡き父も洋装で出かけるのを好んでいたから、おそらくその影響《えいきょう》だ。東京にいた頃も、よそゆきは洋装が多かった。

登喜子は高知へ移ってからも、嵩に東京時代と同じモダンな身なりをさせた。母親一人でも子どもにはみじめな思いはさせまいという意地だろう。

実にありがたき親心だが、これが実に迷惑《めいわく》だった。

東京にいたときならともかく、高知で半ズボンは目立つ。

小学校までは家から歩いて三分だが、短い登下校での道々で人の目が気になる。みんなにじろじろ見られている気がして、学校にいる間も落ち着かない。

「明日から下駄で行こうかな」

堪《たま》らず登喜子に言うと、不思議そうな顔をされた。

「下駄はお庭や、ほんの近所で履くものよ。学校にはきちんとした格好で行かんと。どいて革靴《かわぐつ》が嫌ながか。ひょっとして足に合わいで痛むが？」

そう言われると口答えできない。

革靴は登喜子が選んだものだけに上物で、すこぶる履き心地が良いのだ。おまけに毎日せっせと鉄が磨《みが》いてくれるおかげで、いつでも艶々《つやつや》と光っている。

しかし、それが気恥《きは》ずかしい。

ましてや紺サージの半ズボンに長靴下だ。どこの坊ちゃんかと思ってしまう。

その頃、嵩がよく読んでいた漫画に『正《しょう》チャンの冒険』というものがあった。

一九二三（大正十二）年、朝日新聞社が創刊した『アサヒグラフ』という日刊紙で連載《れんさい》していた四コマ漫画だ。

刊行年に関東大震災《だいしんさい》が起き、朝日新聞社の工場が罹災《りさい》して発行ができなくなったことから、東京朝日新聞で連載されるようになり、大人気を博した。

もちろん嵩も夢中だった。

正チャンは大きな白襟《えり》のついたシャツにベルトのついたジャケットに同色の半ズボンを合わせている。足にはハイソックスと革靴。そう、嵩の格好はまるきり正チャンルックなのだ。

毎朝、登校前に鏡を見るたび、お尻の穴がもぞもぞする。

これなら田んぼの案山子《かかし》のほうがよほどましだ。

しょっちゅう女の子に間違えられる、愛らしい千尋ならともかく、じゃが芋の嵩には半ズボンに長靴下が浮いている。鉄が毎日磨き上げてくれる革靴も、嵩が履くと借り物みたいでどうにも居心地が悪い。

高知では誰もそんな格好はしていない。そもそも洋装も普及《ふきゅう》しておらず、大半の子どもは絣《かすり》の着物に下駄か草履。たまに洋装の者がいても、兄弟の古着の詰襟《つめえり》がせいぜいだ。意地悪な女子がひそひそ笑っているのも知っている。

休み時間になっても、正チャンルックの嵩は遊びに誘われない。

「だって、そのなりじゃ、なんちゃあできんやろ」

「汚してもんたら叱られるで」

勇気を出してこちらから声をかけても、そう言って断られる。

友だちを作るには正チャンルックから脱《だっ》しなければならない。意を決し、校庭の木に登り、白シャツに樹液のシミをつけた。長靴下を枝で引っかけて穴を開け、滑り台《すべりだい》で半ズボンの尻を破いて、革靴を履いたまま砂場に入った。中敷《なかじ》きまでじゃりじゃりにして帰り、さんざん叱られたが、ようやく正チャンルックから解放された。

そういう苦労は別にして、『正チャンの冒険』は嵩を強く魅了《みりょう》した。

漫画を描いているのは樺島勝一《かばしまかついち》と織田小星《おだしょうせい》。

正チャンはリスを相棒に不思議な冒険をする。自分では着こなせない正チャンルックも、漫画で見ている分には羨《うらや》ましい。もしハンサムに生まれていたら、正チャンみたいに帽子の房を揺らし、革靴でどこまでも出かけるんだけど。

「これがえいのよね？」

鉄が田舎っぽい、素朴な綿のシャツを買ってきた。下駄もある。

「前のシャツのほうが洒落ちゅーけどなあ」

口では不服を言いつつ、鉄は嵩の気持ちをわかってくれる。

「まあえいわ。友だちと一緒が気楽ながやろうし」

ずっとこのまま三人の暮らしが続くと無邪気に信じていた。

しかし、ある日突然《とつぜん》、降って湧《わ》いたように事件が起きるのは、本の中と変わらない。

翌年、嵩は母と別れることになる。

第二章　母との別れ

1

「カエルの夢は吉兆の暗示だって、聞いたことがあるわ」

「へえ、初めて聞いた」

暢《のぶ》のつぶやきを聞いて、嵩《たかし》さんは両腕《りょううで》を組んだ。

「納得できないみたいね」

「別に疑っているわけじゃないさ」

口では否定するものの、首が傾いでいる。

「昔から、カエルは縁起のいい生き物とされているでしょう。卵をたくさん産むし、開運の神様としてご利益があるのよ。語呂合わせもいいし」

「無事に帰る」

「そうそう」

「お金が返る。よみがえる」

語呂合わせと聞いて、俄然《がぜん》嵩さんが張り切りだした。

「いいじゃない。わたしも思いついたわ。若返る」

「女の人らしい発想だなあ」

「あら。その言い方はどうかしら。若作りをするのは女だけじゃないわよ。男の人だって、歳《とし》をとるほど派手になっていくことがあるでしょう」

「ぼくのことだね」

嵩さんは照れ笑いした。

「自覚しているのね」

「いいじゃないか。枯《か》れ木《き》にだって花は咲《さ》くんだ」

若い頃はそうでもなかったのだが、還暦《かんれき》を過ぎた頃から嵩さんは派手好みになった。今日も黒地に賑《にぎ》やかな模様の入ったシャツを着ている。似合っているし、年齢《ねんれい》に合わせて妙に老け込むよりずっといい。

「元気だったら、わたしもあなたと一緒に枯れ木へ花を咲かせるんだけど。ここ掘れ、ワンワン。カエルはゲコゲコ」

「どうもこだわるね」

「カエルにはご利益があるっていうんだもの」

「でも、ぼくが夢で見たのはガマガエルだからね。吉兆とは思えないよ。祖母さんの鼾《いびき》につられてそんな夢を見たんだな。そっちは父方だけど、母方の鉄《てつ》さんもひどくてさ。子どもの頃は同じ布団で寝ていたから、ずいぶん閉口したなあ」

そんなふうに文句を言いつつ、優しい目をする。

「嵩さんはお祖母ちゃん子だったのね」

「そうだよ。うちは母さんが忙しかったから。近所では〈お鉄婆《ばあ》さん〉と呼ばれて怖《こわ》がられていたもんだ。まあ、ぼくには甘いお祖母ちゃんだったけど」

「同居なさっていたんでしょう。忙しいお母さんの代わりに孫息子を可愛《かわい》がってあげたかったのよ」

当時では珍《めずら》しいケースだ。

姑ならともかく、鉄は実母なのだ。わざわざ在所村永野の谷内家を出て、東京で娘一家と暮らしていた裏には、何かしら事情があるのかもしれない。

登喜子さん。どんな方だったのか、暢も知りたい。

「続きを聞かせて」

暢は嵩さんにせがんだ。

＊

小学二年生になってしばらくした日のことだった。

「寛伯父《ひろしおじ》さんのお家《うち》へ行きましょう」

登喜子に言われ、後免町《ごめんちょう》にある伯父の家に連れていかれた。

夏の終わり頃だったろうか。登喜子はよそゆきを着て、いつもの白いパラソルを差していた。しゃあしゃあ蟬《せみ》が鳴く道を、登喜子と手をつないで歩いた。

日曜日のことで、寛の営む柳瀬《やなせ》医院も休みだった。

「兄ちゃん！」

玄関《げんかん》の引き戸を開けると、待ちかねたように千尋が飛び出してくる。

伯父の養子となって一年余り、少しばかり背が伸びたようだ。髪《かみ》もおかっぱではなく短く切り揃え、白いシャツに半ズボンを穿《は》いて、膝小僧《ひざこぞう》を出している。

久しぶりの再会で嵩は照れていた。

「おう」

片手を上げて応じたものの、その先が続かない。

はにかみ屋のせいか、すっかり柳瀬《やなせ》医院の子になった弟にも人見知りする。

「上がって、上がって」

朗《ほが》らかな千尋は嵩の手を引っ張り、無邪気《むじゃき》に中へ入れといざなった。母や兄と別れ、自分だけ伯父の養子になった屈託《くったく》もなさそうだ。同じ両親から生まれた弟ながら、内気な嵩とは見た目も気質もだいぶ違う。

奥からスリッパを鳴らして伯母《おば》のキミがあらわれ、登喜子と賑やかに挨拶《あいさつ》を交わした。

そうだ、千尋の社交性は母譲《ゆず》りだったと、久々に会って思い出す。登喜子とキミが話しているのを横目に嵩は革靴《かわぐつ》を脱《ぬ》いだ。追手筋《おうてすじ》の家では封印《ふういん》していた正チャンルックだが、「伯父さんの家に行くがやき」と履《は》かされたのだが、もう足が合わなくなっており、靴ずれして痛かった。

用意されていたスリッパを穿き、千尋の案内で客間に行く。よく磨《みが》かれた廊下《ろうか》はつるつる滑《すべ》り、うっすら消毒薬のにおいがした。

客間は障子が開け放たれ、風がよく入った。キミは冷たい緑茶と、大きく切った西《すい》瓜《か》を運んできた。

「やあ、嵩。元気そうじゃね」

涼《すず》し気《げ》な縞柄《しまがら》の着物をゆったりと着つけた寛が入ってきて、腰を下ろす。キミはその隣《となり》だ。千尋は当たり前のように、キミの隣へ座ったから、嵩と登喜子と伯父一家が対座で向かい合う格好になる。

「こら、お客様が先よ」

千尋はさっそく西瓜へ手を伸ばし、たしなめられた。

「兄ちゃんも食べてよ。おいしいよ」

「うん。いただきます」

西瓜には匙《さじ》が添《そ》えられていた。家ではそのままかぶりついているが、キミと千尋の真似《まね》をして、匙を使う。

「おいしい？」

キミが気を遣《つか》って訊ねてくる。うなずいたものの、慣れていないせいか、匙で西瓜を掬《すく》うのは難しかった。手元が狂《くる》って落としてしまい、慌ててかけらを拾い、口へ突っ込んだところを見られて顔が熱くなる。

「おいしい？　ねえ兄ちゃん、おいしい？」

「うん、すごく甘《あま》い」

「緑茶も飲んで。お砂糖を入れると苦くないよ」

数カ月ぶりに兄と会った興奮で、千尋は浮かれていた。小さいなりに懸命《けんめい》に嵩をもてなそうとする。

「もう。種をくっつけて」

キミが苦笑して、千尋のほっぺたについた種を取ってやった。

「ごめんちや、嵩ちゃん。チーちゃんがやかましゅうて。落ち着いて食べられんわね」

「……いえ」

言葉少なに答え、嵩は匙で西瓜を掬った。

頬張《ほおば》ると、口中がたちまち甘い汁《しる》でいっぱいになる。西瓜に夢中の振りをして、嵩はひたすら匙を使った。

チーちゃん。

前は「千尋ちゃん」と呼んでいたのを嵩は憶《おぼ》えていた。知らない間にずいぶん仲良くなったものだ。

千尋は当たり前のように小さな顔を突き出し、キミに西瓜の種を取ってもらっていた。

登喜子はにこやかに寛やキミと語らっている。実の息子が他人に世話をしてもらっているのに頓着《とんちゃく》する様子もなく、キミの淹《い》れた緑茶の味を褒《ほ》め、茶の湯の稽古《けいこ》で師匠《しょう》に教えてもらったことを賑やかに話している。

「外で遊んできなさい」

西瓜を食べ終わると登喜子に言われ、嵩は千尋と二人で応接間を出された。

「やった！　兄ちゃん、バッタ捕《と》りしようよ」

柳瀬医院は後免町の中心部から少し外れたところにある。

近くには舟入川《ふないれがわ》が流れており、隣家《りんか》は浜田《はまだ》酒店で、その隣は製材所だった。さらにその先は原っぱになっている。

寛手製の網《あみ》を持って原っぱを歩き回ったが、一匹《ぴき》も捕れなかった。草むらを探《さぐ》っても、バッタどころか、ダンゴムシもいない。千尋はつばの大きな麦わら帽子をかぶり、むっちりした腕で出鱈目《でたらめ》に網を振《ふ》り回《まわ》すばかりだ。

水も飲まず、炎天下《えんてんか》の草むらにいたせいか、頭がくらくらしてきた。地べたに尻《しり》をつき、膝《ひざ》を抱《かか》える。やっと一匹バッタを見つけたものの手を伸ばす気にもならない。

そのままぼんやりしていると、千尋が駆《か》け寄《よ》ってきた。

「兄ちゃん、お腹痛《なかいた》い？　西瓜、食べ過ぎた？」

「何ともないよ」

「本当に？」

「お前、よく西瓜を食うのか？」

「うん。ほとんど毎日食べてる。あとは桃《もも》。お食後にいつも出てくるよ」

千尋は坊ちゃん生活を満喫《まんきつ》しているらしく、少し羨《うらや》ましい。嵩の家でも西瓜は食べるが、もっと薄く切ってある。あんなふうに贅沢《ぜいたく》な大きさで出てくることはない。柳瀬医院は医者で金があるのだ。

客間で大人たちは何の話をしているのだろう。

おそらく自分に関わることだと、嵩は想像していた。昨夜、鉄《てつ》の様子がおかしかったのだ。いつになく口数が少なく、普段はしゃんと伸ばしている背中も、心なしか丸まっていた。

今朝、鉄は通りまで見送りに来た。

後免町の伯父の家へ行くだけなのに大袈裟《おおげさ》だ。登校するときは「元気で行っちょいで」と言われておしまいなのに。見送られるのが照れくさく、おどけた顔を作り、数歩行ったところで振り向いたら、鉄は変な顔をしていた。

泣いているような、怒《おこ》っているような。

嵩が見ていることに気づいて、ぱっと笑顔になったのが怪《あや》しい。泣き顔にお祭りで売っているお面を被《かぶ》せたみたいだ。

結局、一匹もバッタを捕れずに戻ると、客間で登喜子が待っていた。

寛とキミはおらず一人だった。千尋はキミに呼ばれて奥座敷《おくざしき》へ行き、客間で二人きりになった。

来た。

登喜子は嘘《うそ》が下手だ。嫌《いや》な話をするときは顔を見ればわかる。父さんが死んだと言ったときも、こんな顔をしていた。

「嵩、しばらく伯父さんの家で暮らしなさい」

「なんで？」

「あなたは体が弱いでしょう。伯父さんはお医者さんやき、千尋と一緒に治してもらうとえいわ。ようなったら、すぐ迎《むか》えにきてあげるから」

しっとりした手で頭を撫《な》で、ね？　と笑う。

「いいよ」

なんだ。

そんなことか。もっと怖いことを言われると思っていた。

確かに嵩は未熟児で生まれたせいか、ひ弱なほうだ。体格も同級生に比べて劣《おと》っている。登喜子はそれを案じ、医者の伯父のもとで嵩を丈夫《じょうぶ》な子にしようというわけだ。心配して損した。

話が済むと、寛が客間にやって来た。

「よろしゅうな、嵩」

寛はロイド眼鏡の奥の目をほころばせた。

あらかじめ登喜子と話をつけてあったのだろう。嵩の布団《ふとん》や机も用意してあるそうだ。

今まで思ったことはなかったが、こうして眺《なが》めると、面差《おもざ》しや背格好が写真の父とよく似ている。

「やった、また兄ちゃんと住める」

キミに伴《とも》われて奥座敷から出てきた千尋は、ぴょんぴょん跳《と》びはねた。奥座敷で事情を聞いたようで、嵩の手にじゃれついてくる。

「じゃあ、わたしはこれで」

登喜子がおもむろに腰を上げた。

嵩は千尋と一緒に玄関までついていった。

「ここでえいわよ」

外まで見送ろうとしたら、登喜子はゆるりとかぶりを振《ふ》った。

「暑いき中へ入っていらっしゃい。二人とも汗《あせ》をかいているじゃないの」

でも、やっぱりついていった。

土埃《つちぼこり》舞《ま》う道も日差しも白っぽかった。その中を白いパラソルを差した登喜子が歩く。その後ろ姿を見ているうちに、さっき消えたはずの不安が頭をもたげてきた。

「やっぱり一緒に帰る」

嵩が言うと、登喜子は振り返った。

「駄目《だめ》よ」

パラソルが登喜子の顔に淡《あわ》い影《かげ》を落としている。

「じゃあ、いつ迎えにくる？　明日？」

これきりになってしまいそうで駄々《だだ》をこねた。登喜子を行かせたくなかった。

「すぐよ」

「本当に？」

登喜子がうなずくと安堵《あんど》する。けれど、次の瞬間《しゅんかん》にはまた不安になる。

「すぐっていつ？」

普段《ふだん》なら、この辺で登喜子は怒り出す。でも今日は形の良い眉を曇らせるだけだ。

「二人とも元気でね。伯父さんと伯母さんの言うことを聞いて、好き嫌いせんで何でも食べや」

登喜子は腰を屈《かが》め、ゆっくり言い含めた。

「わかった」

嵩は千尋と声を揃え、次の言葉を待った。しかし登喜子はそれ以上、何も言わなかった。二人の息子を交互に眺めてから腰を伸ばし、ふたたび背を向けて、後免駅へ続く道を歩いていった。

しゃあしゃあ、しゃあしゃあ。

クマゼミが大合唱すると、耳の中は蟬しぐれでいっぱいになる。

こめかみから汗が滑り落ち、眉毛のところで留《とど》まった。丸い汗の玉の表面で日差しがはじけ、ごく小さな虹《にじ》を作る。

本当にそんなものが見えたのか。今ではもうわからない。もしかすると、後にこの日のことを思い出したとき、ただの悲しい思い出とならないよう、無意識に頭の中で記憶《きおく》に色付けしたのかもしれない。

登喜子は何度か足を止め、振り返った。

そのたび嵩と千尋は手を振った。白いパラソルを差した登喜子が、蟬しぐれと共に川べりの道を行く。その後ろ姿が一枚の絵みたいだった。

眉毛から転げ落ちた汗が目に入って染《し》みたが、意地になって堪《こら》えた。まばたきするのがもったいなくて、今この瞬間を目に焼きつけておきたかった。辺りにあふれ返っているクマゼミの声と土埃のにおいと共に。

千尋が嵩の手をキュッと握《にぎ》った。

「お母ちゃん、いつ迎えにきてくれるかな」

「そのうちだろ」

「そのうちって、いつ？」

「そのうちは、そのうちだよ」

熱く湿《しめ》った千尋の手がわずらわしかった。嵩は汗を拭《ふ》く振りをして、指をほどいた。

「なあ、兄ちゃん」

「なんだよ」

「兄ちゃんはずっと一緒にいてくれる？」

さあな。

面倒になってそう答えるつもりだった。が、こちらを見上げるまなこがあまりに真剣で、そんな意地悪を言えなくなった。

「当たり前だろ。兄弟なんだから」

口ごもりながら返すと、千尋がぱっと笑顔になった。

ほどいた手をつなぎ直し、二人で並んで来た道を戻った。千尋はご機嫌で嵩の手をぶんぶんと振る。一緒になって手を高く上げると、きゃはは、と澄《す》んだ笑い声が辺りに響《ひび》いた。

いつか、今日という日を切ない気持ちで思い出すときがくる。

迎えにくると言ったのは嘘かもしれない。

本当は少し疑っている。

体が弱いからといって、小学生の息子を伯父の家へ託すだろうか。

仕事をするのが忙しくて、嵩の面倒まで手が回らないとか。鉄が谷内家に戻ることになったとか。そういう理由なら、いっとき嵩をよそへやるのもわからなくないけど。

「ただいま!」

柳瀬医院に着くと、千尋はもどかしそうに嵩の手を振りほどき、中へ入っていった。

「おかえり。暑かったじゃろう」

キミの声が出迎える。

玄関はよその家のにおいがした。

帰りたい。さっき別れたばかりなのに、もう母さんが恋しかった。

2

後免町での暮らしは概《おおむ》ね平和でのんびりしていた。

家の周りには田んぼや畑が広がり、すぐ近くに川が流れ、山もある。

後免野田組合尋常《じんじょう》小学校へ転入するなり、嵩は頭の良さを見込まれ、副級長となった。

早生まれのせいで運動では負けることもあったが、学齢《がくれい》前から家で絵本や子ども向けの童話を読んでいたおかげで、学校の勉強には苦労しなかったのだ。

「行こうぜ」

放課後になると、気の良い男子と近所の原っぱへ行く。

晴れた日には、同じ小学校の仲間たちで、鬼《おに》ごっこや石蹴《いしけ》りにかくれんぼをして遊んだ。

誘《さそ》ってもらえるのはありがたいが、冷や汗ばかりかいていた。

子ども時代、人気のあるのは運動神経の良い奴《やつ》だ。そこへいくと、嵩はからきしだった。野球は打っても守っても駄目。バットを振り回しては空振り三振《さんしん》、外野を守らせればトンネルで、仲間たちから不興を買ってばかり。凧上《たこあ》げをすれば、嵩のものだけちっとも飛ばず、ベーゴマやメンコは取られる一方。これでよく誘ってもらえるものだと、自分でも不思議だった。

鬼ごっこや駆けっこはまだいい。負けても自分だけ悔しがれば済む。困るのは野球だった。

「また嵩のせいで負けたねや」

「しっかりしーや」

いつも足を引っ張り、味方チームの者から白い目を向けられる。ならば参加しなければいいものを、誘われると断れない。試合に負けたときはおっかなくても、まぐれで嵩が打てば、躍《おど》り上《あ》がって喜んでくれる。後免町の子どもたちは総じて気が良く親切だ。

二歳下の千尋が入学してからは一緒に登校するようになった。

並んで歩いていると、近所の人たちがこぞって挨拶してくる。

「行ってらっしゃい、坊ちゃん」

「気をつけてなあ」

嵩が一人で登校しているときと比べ、近所の目が俄然賑やかになった。

柳瀬医院の跡取《あとと》り息子である千尋は、後免町では数少ない坊ちゃんだ。道を歩いているだけで、患者《かんじゃ》のおじさん、おばさんが寄ってきて挨拶する。

愛らしい千尋は町の人気者だった。

色白で丸顔の器量よしに、伯母のキミが選んだ洋装に身を包む千尋は、まるきり生きた正チャンで人目を惹《ひ》く。

嵩が決まり悪がった白シャツに半ズボンが、千尋には小憎《こにく》らしいほどよく似合い、見るからにいいところの坊ちゃん然としている。

物心つく前から可愛い、可愛いと言われ慣れているせいか、千尋は小学校でいつも教室の真ん中にいた。隅《すみ》でひっそり誰《だれ》かに声をかけられるのを待っている嵩とは違い、自ら輪の中へ入っていく。

体が弱く、季節の変わり目には必ず風邪《かぜ》をひいて学校を休んでいたが、そのときは決まって同級生の少女が見舞いにきた。学校で配られたものを届けるのを口実に、千尋の顔を拝みにくるのだ。

しかも、いつも同じ子ではない。近くの家の少女が届けにくることもあれば、ちょっと離れた家の子がわざわざやって来ることもある。

といっても、病気の千尋は出てこない。相手をするのはキミだ。それでも少女たちは構わないらしい。家に上がり、奥座敷で寝ている千尋を一目見て、キミに「ありがとう」と礼を言われると、満足して引き上げていく。

嵩の部屋は玄関脇《げんかんわき》の書生部屋だから、窓からそうした少女がやって来るのが見えた。我《わ》が弟ながら、もてるものだと感心したものだ。

千尋が寝付いているときは、食事のときも静かだった。

キミは看病で奥座敷に詰めており、膳《ぜん》につくのは伯父の寛と叔父《おじ》の正周《まさちか》と嵩の三人だけ。男三人では話も弾《はず》まず、正周と並んで黙《だま》って箸《はし》を動かし、もそもそとご飯をかき込む。

食事の後にそっと奥座敷を覗《のぞ》きにいくと、千尋はふかふかの布団で寝ている。枕《まくら》もとには吸い飲みと薬が置いてあり、布団の周りはおもちゃで囲まれている。学校にいけないと退屈《たいくつ》だろうと、キミが次々に買い与えるのだ。お粥《かゆ》の他、おやつには果物を剝《む》いてもらうようで、千尋が熱を出すと嵩たちにも回ってきた。

「お、やった。わしらもお相伴《しょうばん》にあずかれるで」

同じ書生部屋で寝起きしている叔父の正周は、若者らしく旺盛《おうせい》な食欲を持て余していた。千尋の余りの果物が回ってくると、ニキビ面《づら》をほころばせて喜ぶ。

一つ屋根の下に暮らしていても、嵩は奥座敷にめったに足を踏《ふ》み入《い》れたことがない。せいぜい千尋が熱を出したときに、見舞いで顔を出す程度。

奥座敷には立派な調度や、寛が趣味《しゅみ》でやっている琵琶やたくさんの書物、キミの衣《え》紋《もん》かけが並んでいた。そこに千尋のおもちゃが我が物顔であふれんばかりに置かれているのを見ると、薄っすらみじめな気持ちになった。

書生部屋は文机《ふづくえ》を二つ置くのがやっとで、西日がきつい。

坊ちゃん暮らしの千尋との彼我《ひが》の差が妬《ねた》ましくない、と言えば嘘になる。もとより器量でも負けているのだ。

近所の年寄りには口さがない者も多く、

――おや、弟さんと違うてお兄ちゃんのほうは不器量じゃ。

などと、すれ違いざまにひどいことを言う。

悪気はないのかもしれない。

嵩が男児だから気にしないと高を括《くく》っているのだろう。が、そんなはずがない。言われる側はそのたび傷つく。

自分が不器量なことくらい、物心ついたときから知っている。

だからといって、平然と受け入れられるわけではない。

悔しい思いはじくじくと嵩を苛《さいな》む。顔立ちなんて生まれつきだ。治しようがないものをいちいち指摘《してき》されても、当人にはなす術《すべ》がない。

いじけた気持ちをお腹の中でぐるぐる煮返《にかえ》すと、どす黒いものになる。

確かに千尋は器量よしだ。でも、あいつは馬鹿《ばか》じゃないか。

口に出せば、近所の年寄りは眉をひそめるだろう。居候の兄は不器量な上に性根《しょうね》までひん曲がっていると。

ひょっとすると、言われていたかもしれない。嵩は子どもだった。妬《ねた》みや嫉《そね》みはそのまま顔に出ていたことだろう。

でも千尋とは仲が良かった。

「兄ちゃん、兄ちゃん」

いつでも千尋は嵩の後ろをついて回った。

そんな千尋が病気で熱を出せば心配になり、治れば胸を撫で下ろす。

近所の年寄りが「あの子は器量よしじゃが、成績が悪い」と陰口《かげぐち》を叩《たた》くと、むきになって勉強を教えた。

「しっかりしろ。こんなの、誰だってできるぞ」

千尋に泣きつかれ、宿題を手伝うこともあった。

「でも、ぼくにはできないんだ」

「そんなことでどうする。お前は柳瀬医院の跡継《あとつ》ぎなんだぞ」

「だって」

「だってじゃない。口答えするな」

奥座敷で千尋に教えているとき、嵩の小鼻は膨《ふく》らんでいたに違いない。

不器量だけど成績のいい嵩と、器量よしだけと成績の悪い千尋。ギッタンバッコン。そのままいけば良かったのだが、嵩の有頂天《うちょうてん》は長続きしなかった。威張《いば》っていられたのは、小学生のときまでだ。

中学に上がった途端《とたん》、嵩は目立たなくなった。

入学したのは県立城東《じょうとう》中学校。高知城の東に位置しており、土佐の中では名門校とされている。

後免町では小学校を首席で卒業したのに、嵩はたちまち普通の人になってしまった。成績が良かったのは、所詮田舎《しょせんいなか》の小学校でのこと。とんだ井の中の蛙《かわず》だった。

中学では学年二百人中、成績は五十番から七十番の辺りを行ったり来たり。あっさり優等生の座から転がり落ちてしまった。ことに数学はまるきり駄目で、零点《れいてん》に近い点数を取ったことも。

「嵩らしくないねや」

通知表を見た寛は渋《しぶ》い顔をした。

食べさせてもらっていることもあり、神妙《しんみょう》な面持《おもも》ちをして項垂《うなだ》れたが、次は頑張《がんば》ります、と言えない。

頑張る自信もなければ、やる気もなかった。どうせ自分は居候、勉強に精を出したところで先は知れているとひねくれて、勉強を放り出したのだ。

「どいたが、タカちゃん。小学校のときみたいに頑張りなさいな」

伯母のキミにも発破をかけられたが無視した。

うるせえや。

何を言われても返事をせず、いっそ不良少年を目指すことにした。

そのほうがいい。不肖《ふしょう》の兄として埋もれたほうが柳瀬医院にとっては万事《ばんじ》丸く収まると、小賢《こざか》しくも自分の中で言い訳を作り、成績不振に目を背けた。

――気の毒になあ。

六年生のときの担任の先生に言われたことがある。

嵩は卒業生代表として答辞を読むことになっており、原稿《げんこう》を見てもらった。そのとき担任の先生が赤を入れながら、ふいに漏《も》らしたのだ。

――この分でいったら医学部じゃち入れるじゃろうに、柳瀬医院の跡継ぎは弟に決まっちゅーがじゃもんな。

きっと悪気はなかったのだろう。

思ったことをそのまま口に出しただけだ。後免町に越して以来、その手の陰口をたくさん言われた。いい加減、耐性《たいせい》もできているが煩《わずら》わしい。

千尋が養子となったのは、父と伯父の約束だ。兄の嵩は父の跡を、千尋は伯父の跡を継ぐ。それだけのことなのに、無関係の他人が勝手なことを言う。

寂《さび》しくなった日には、白いパラソルを差した登喜子の姿を思い出した。

中学生になっても、登喜子はまだ迎えにこない。柔道部《じゅうどうぶ》に入って体を鍛《きた》えているというのに。

成績が下がり、勝てるところが一つもなくなったせいか、小学生の千尋に嫉妬《しっと》して意地悪することもある。こんなことだから登喜子は迎えにこないのだと死にたくなり、自殺しかけたこともあった。

3

中学一年生の夏休みのことだ。

「起きんさい。トウモロコシ茹《ゆ》でたぜよ」

夏休みには千尋と共に、香美郡在所村朴ノ木《かみぐんざいしょむらほおのき》にある父方の祖母貞衛の家に帰る。

宿題は持参せず、朝から晩まで遊び惚《ほう》け、疲れると畳《たたみ》に寝転がって昼寝した。

家の近くには川も山もある。

午前中は透《す》きとおる川で泳ぎ、昼に貞衛の茹でたうどんを食べ、午後からは山へ登る。

朴ノ木へ帰ると、嵩は居候の身から貞衛の小さな孫に戻った。優秀な柳瀬家の次男、清《きよし》の跡取り息子として、上《あ》げ膳《ぜん》据《す》え膳《ぜん》で遇《ぐう》される。

「ほれ。いつまでも寝転がってないで。千尋はちゃんと起きて食べてるき、嵩も手を洗ってきんさい」

中学一年生のとき、嵩は初恋《はつこい》をした。

相手は汽車通学で顔を合わせる女学生。貞衛の家にいても、頭の中はその娘《こ》のことばかり。何をしても上の空で、トウモロコシどころではなかった。

縁側《えんがわ》へ足を投げ出し、目をつぶると汽車の改札が浮かんでくる。

おさげ髪《がみ》にセーラー服の似合う娘は、いつも同じ時刻の汽車に乗ってくる。隣の小学校を卒業した同学年で、父親は役場勤めらしい。

女学生を思うと、胸に甘酸《あまず》っぱい気持ちがこみ上げる。

終業式の日から数えて、もう半月も会っていない。今頃どこで何をしているのか、家族と海水浴にでもいくのかと、頭に彼女の水着姿を思い浮かべているところへ、千尋がまとわりついてくるのが鬱陶《うっとう》しい。

「兄ちゃん」

やましいことを考えていたせいか、飛び上がりそうになった。

「なあなあ、兄ちゃんってば。何してるん？」

「うるさいな、宿題だよ」

手元を覗《のぞ》こうとする千尋を、邪険《じゃけん》に肘《ひじ》で追いやる。

「嘘だあ」

「嘘なもんか」

「じゃあ見せてよ」

「駄目。千尋も遊んでないで、勉強しろよ」

嵩は汽車で会う女学生に恋文《こいぶみ》を書いていたのだ。

このまま夏休みが終わるまで会えずにいるのはもどかしい。

あわよくば恋人同士になって、一緒に海で泳ぎたい。昼間は二人で波打ち際《ぎわ》に浮かび、薄暗くなったら暗がりで花火をする。水着もいいけど、彼女は浴衣《ゆかた》も似合うだろうな。そんな妄想《もうそう》をしつつ、募《つの》る気持ちを父が残した便箋《びんせん》にしたためた。

朴ノ木の家には、父が学生時代に使った本やノートの類が置いてある。嵩はうろちょろする千尋を腕でガードしつつ恋文を書き上げ、その日のうちに投函《とうかん》した。

うまくいくかもしれない。

初めて恋文を書いた興奮も手伝い、嵩は思った。女学生は汽車で嵩と目が合うたび、頬を赤らめてうつむく。こちらに気がある証拠《しょうこ》だ。

数日後、返事が来た。

よしっ！

勇んで開くと、嵩の送った手紙が入っていた。三つ折りの便箋が添えられている。開くと、太い男文字が目に飛び込んできた。

——こがな手紙をまたよこしたら、学校に連絡《れんらく》するき覚えちょきや。

女学生の父親が手紙を送り返してきたのだ。

その日、嵩は千尋と大喧嘩《おおげんか》した。中学で始めた柔道の技《わざ》をかけたのを機に取っ組み合いになり、手を上げた。

「止しんさい！　弟をいじめるなあ、みっともない」

貞衛に怒鳴《どな》られ、嵩は砂壁《すなかべ》を蹴った。泣きながら畳の上を転がり、坊主頭《ぼうずあたま》を掻《か》きむしった。

「どいた。子どもみたいに」

困惑して背中を撫でさすろうとした貞衛の手を振り払い、嵩は家を飛び出した。

といっても、田舎町で行く当てなどない。やみくもに歩き回った挙句、暗くなるのを待って、どうにでもなれとばかりに線路へ横になった。

昼間の熱がほんのり残る線路に背中を預け、暮れなずむ空を睨《にら》んだ。

カラスが西へ向かって飛ぶのを眺めつつ、ため息をつく。

ツクツクボーシが鳴き、黒々した山の峰《みね》の上には見事な夕焼けが広がっている。

昼間ならいざ知らず、こんな時間になると人も通りかからない。夕風は涼しく、心地良かった。こんなところで線路に横たわっている自分がみじめで、涙《なみだ》が出て止まらない。

女学生の父親があれほど怒ったのは、嵩が親なし子だからだ。もし千尋のように柳瀬医院の養子だったら、女学生の父親はあれほど苛烈《かれつ》な罵倒《ばとう》を書いて寄こしただろうか。何もかもが嫌になる。

喧嘩でむきになったのは、千尋に転ばされたからだ。内股《うちまた》を仕《し》掛《か》けてやるつもりが反対に足をすくわれ、嵩は尻餅《しりもち》をついた。

――やーい。

思いがけず形勢逆転した千尋は、甲高《かんだか》い声で野次《やじ》を飛ばした。その瞬間、頭の中で猛烈《もうれつ》な怒《いか》りがはじけた。起き上がると、嵩は千尋を背負い投げした。

立ち上がってきたところをふたたび投げ、それでも起きてくるのに腹を立て、三度投げた。最低だ。女学生の父親が娘との交際を許さないのも当たり前だった。自分でもわかっている。でも。

どうして伯父と伯母は嵩のことも養子にしてくれないのだろう。

千尋と違って器量が悪いせいか。

それとも性格が悪いせいか。

後免町ではおとなしくしている反面、寛やキミの目の届かない朴ノ木では千尋をいじめ、さも傷ついたふうに自殺を目論《もくろ》む、そういう根性《こんじょう》のねじ曲がっているところを見破られているのか。

そうかもしれない。いや、きっとそうだ。

嵩は自分のことが嫌《きら》いだった。

内気で神経質なくせに陰険《いんけん》で、しかも図々《ずうずう》しい。

死ぬつもりで線路に横たわっているのに、列車の音に耳を澄まし、いざというときに逃げる用意をしている。本気で死ぬ覚悟《かくご》もないのに粋《いき》がって、それらしい格好をしているだけだ。

「馬鹿だ」

自分で言って泣けてきた。

次から次へ転がり落ちる涙の玉が、耳に入って冷たかった。

「へっ……くしょん！」

興奮してかいた汗が冷えたのか、年寄りみたいなくしゃみが出た。一度では止まらず、二度三度と止まらない。どうせ誰も聞いていないのだからと、思うさま夕空に向かってくしゃみを放ち、ついでにおならもしてやった。

馬鹿らしくなって起き上がり、シャツの袖《そで》で洟《はな》を拭いた。

さて帰ろうとして、道に迷ったことに気づいた。

死ぬつもりで出鱈目に歩き回るうちに、知らない場所へ出てしまったようだ。とっぷり暮れた田舎町は目印もなく、どちらへ向かっていいかもわからない。ひとまず線路に沿って草を掻き分け、わらわら寄ってくる蚊《か》を追《お》い払《はら》いながら駅を目指したのだが、こういうときに限って腹が痛くなる。

腹を押さえて脂汗《あぶらあせ》をかきつつ、這《ほ》う這《ほ》うの体《てい》でやっと見慣れた通りに出たときには心底ほっとした。

と、辻《つじ》の郵便ポストの横に人がいる。月明かりを背に、きょろきょろ方々を見回している。

「祖母《ばあ》ちゃん」

「嵩かね？」

目をすがめ、じっとこちらを見る。年寄りは夜目《よめ》が利《き》かないのだ。

「うん」

「そうかね。夕飯できとるき、早う来いや」

のんびりした口ぶりで言い、おいで、おいでと手招きする。おやつに茹でたトウモロコシを食べたはずなのに、夕飯と言われた途端、腹が鳴る。

辺りが暗くて良かった。もし明るければ、決まり悪くて出ていけないところだ。

「今日は何？」

「じゃが芋《いも》の煮っころがしじゃ」

「やった」

醤油《しょうゆ》と砂糖で甘辛《あまから》く味付けしたじゃが芋の煮っころがしは、嵩の好物だった。ホクホクとして、いくらでも食べられる。

「よけ作ったき、お代わりして食べや」

やっぱり貞衛は捜《さが》しに来てくれたのだ。死ななくて良かった。嵩は嬉《うれ》しくなって小走りに駆け寄った。

「なあ、祖母ちゃん」

「うん？」

母さんが再婚したって、本当なの。

今朝、近所のおばさんに訊《き》かれた。

――嵩ちゃんのお母さん、再婚して市内におるんじゃって？

虚《きょ》を突《つ》かれ、ポカンと口が開いた。嵩の反応を見て、おばさんは訳知り顔でうなずくと、さっさと家に引っ込んでしまった。

「どいたんかね。そがな顔して」

怪訝《けげん》な面持ちで貞衛が振り返る。

「……うん」

悶々《もんもん》と悩《なや》んでいたところへ、泣《な》きっ面《つら》に蜂《はち》とばかり、恋文が送り返されてきた。

実母の登喜子は、再婚して高知市内に住んでいる。すぐ迎えにくると言ったのは嘘だった。

「何でもないよ。忘れちゃった」

嵩はかぶりを振った。

笑ってごまかした嵩の顔を、貞衛がじっと見据《みす》えた。心の内側を覗き込まれたみたいで、ぎくりとする。

「だから忘れたって――」

慌てて目を逸《そ》らし、早口に言うと、

「嵩ちゃん、あんた大きいほう漏らしたねや」

貞衛は親指と人差し指で鼻をつまんだ。

「え？」

慌てて尻を押さえ、後ずさりする。

真相を知られずに済んだ安堵でほっと胸が軽くなり、ついでに耳たぶを熱くする。

「帰ったら、ざんじ着替《きが》えんさい。替えを出いちゃるきに」

夜目が利かない代わりに、貞衛は鼻が利くらしい。

さっき線路沿いで道に迷ったとき、ほんのちょっぴり漏らしたのがばれてしまった。

家に帰ると、千尋が飛び出してきた。

「どこ行ってたんだよう」

泣きべそをかきながら両手を伸ばし、しがみついてくる。

いじらしくなって頭を撫でようとしたら、千尋はふと面を上げた。

「……兄ちゃん、臭《くさ》い」

胴《どう》に回していた両手を外し、これ見よがしに鼻をつまむ。

「うるさいなあ」

口を尖《とが》らせてぼやき、便所で下着を取《と》り換《か》えた。

千尋と競争しながら煮っころがしを腹いっぱい食べ、風呂《ふろ》に入って寝て起きたら、失恋《しつれん》の傷はふさがっていた。つつけば軽くうずくが、血が滲《にじ》むほどではない。

泣き過ぎて頭が重かった。瞼《まぶた》がむくんだように重く、目がうまく開かないのをいいことに寝坊《ねぼう》を決め込むことにする。そのうち貞衛か千尋が起こしにくるだろう。

布団から足を投げ出し、手を伸ばして掻いた。線路のところで蚊《か》に刺《さ》されたのか、腕やら足が痒《かゆ》くてたまらないのだ。後で貞衛にキンカンを塗《ぬ》ってもらおう。そんなことを思いつつ二度寝しそうになったところで、障子が開く気配がした。忍《しの》び足《あし》が近づいてきて、枕もとで止まる。

片目を開けたら、千尋が目を丸くしていた。

「祖母ちゃん、大変！　兄ちゃんがお岩さんになっとる！」

叫《さけ》びながら台所の貞衛を呼びに行き、大騒《おおさわ》ぎになった。

夏休みが終わると、千尋と一緒に後免町へ帰った。

「まあ、二人ともよう焼けて。真っ黒やないが」

出迎えたキミは目を丸くした。

「お祖母ちゃん、お元気じゃった？」

「これ、お土産《みやげ》」

嵩は貞衛に持たされた包みを、ぬっと伯母に突き出した。

「あらあ、立派なお芋。こがにたくさん、えいのかしら」

「いいんじゃない。もらっとけば。くれたんだから」

「天ぷらにする？　タカちゃん、好きですろう」

聞こえない振りでキミに背を向け、書生部屋に入った。「タカちゃん」呼びかけを無視して、バタンと戸を閉める。

なにが、「タカちゃん」だ。

猫《ねこ》なで声《ごえ》を出して気味が悪い。どうせ女学生の父親の告げ口で、嵩が失恋したことを知り、芋天で機嫌《きげん》を取ろうとしているのだろう。じゃが芋面《いもづら》でよく恋文なんて出せたものだと、内心笑っているのじゃなかろうな。

線路に横たわったあの晩を境に、嵩は反抗心《はんこうしん》をあらわにするようになった。それまで胸に秘《ひ》めていた鬱屈《うっくつ》が抑《おさ》えきれずにこぼれ出てくるのに任せ、寛やキミに横柄《おうへい》な態度をとった。

夕ご飯で嵩は天ぷらに手をつけなかった。千尋を中心になごやかな話が繰り広げられるのも耳障《みみざわ》りで、仏頂面《ぶっちょうづら》で漬物《つけもの》と味噌汁《みそしる》でご飯をかき込んだ。

「タカちゃん、お代わりは？」

キミが手を差し伸べると、わざと音を立てて茶碗《ちゃわん》を置き、ごちそうさまも言わずに腰を上げた。満腹どころか、腹八分目にも程遠かったが、キミに話しかけられるだけで癪《しゃく》に触《さわ》るのだから仕方ない。

その晩は腹が減って眠れなかった。抜き足差し足、台所に行くと、一人分の天ぷらがちゃんと残してある。ご飯もおむすびにして添《そ》えてある。嵩はそれらをひとまとめにして屑籠《くずかご》へ放り、書生部屋に戻って布団をかぶった。

次の朝、キミは何事もなかったような顔で起きてきた。

「おはよう、タカちゃん」

屑籠を見たはずなのに笑っている。嵩は挨拶を返さなかった。

「行ってらっしゃい。気ぃ付けて」

玄関まで見送りにきたキミを無視し、雨が降りそうだからと、差し出された傘《かさ》を置いていく。夏休みが終わってから汽車で女学生に会わなくなった。父親に言われ、乗り込む車両を変えたのだろう。

何もかもにむしゃくしゃしていた。キミの言った通り雨になったことも悔しければ、当然の報《むく》いで濡《ぬ》れて帰る羽目になったことも癪に障る。

成績が下り坂を転げ落ちる一方なのも、貞衛が会うたび小さくなっていくのも怖かった。登喜子が再婚したせいか、母方の祖母鉄とも疎遠《そえん》になってしまい、嵩はひとりぼっちだった。

秋も終わりに差しかかる頃、学校から戻るなり、キミに呼ばれた。

「タカちゃん。伯母さんに気に入らないことがあるなら言うてちょうだい」

思いつめた目をしている。

「別に」

「もう、そがなんばっかり言うて。待ちや、まだ話は終わっちょらんのよ」

「うるさいな」

「うるさいとは何や。親に向かって」

「は？」

訊き返すと、キミは傷ついた顔をした。

「わたしはそう思うとるぜよ。タカちゃんはうちの子じゃき」

「嘘つくな！」

カッとなった勢いで怒鳴《どな》り、嵩は目を剝《む》いてキミを睨んだ。

書生部屋で布団をかぶり、ふて寝した。途中で千尋が様子窺《うかが》いに来たが、居留守を使った。奥座敷で寝起きしている弟に自分のみじめな気持ちがわかるはずがない。

中学三年の冬には家出をした。

学校から家に戻らず、柳瀬医院の裏手にある製材所の材木の中に身をひそめた。

このときは町の消防組を中心に捜索隊《そうさくたい》が出る騒ぎとなった。

灯火《とうか》を手にした寛が硬《かた》い面持ちで先頭に立ち、製材所の外を歩き回っているのが材木の隙間《すきま》から見えた。タカちゃん、タカちゃん、とキミが涙声で呼んでいる。

これには参った。

ひねくれ者の嵩にも、寛とキミが必死に自分を捜してくれているのがわかった。すぐに出ていって謝《あやま》りたかったが、大勢の捜索隊の手前、勇気がなくて出られない。いっそ本当に消えてしまいたいと念じつつ、午前三時まで粘《ねば》ったが、空腹には勝てなかった。中学生の家出など、そんなものだ。

意を決して外へ出ると、まずキミと目が合った。

「タカちゃん！」

叫《さけ》ぶや否《いな》や泣き顔になり、キミは着物の裾《すそ》をたくし上げ、嵩のもとへ駆けてきた。

抱きしめられ、冷たい耳たぶが頬をかすめた。どれだけ長時間、探し回ったのか、着物から冷気が立ち上っていた。

キミにしっかと肩を抱かれ、家に戻った。暖かい部屋には食事が用意してあった。キミと差し向かいで遅い食事を摂《と》っていると、寛も帰ってきた。捜索隊へ謝罪して遅くなったのだという。

覚悟を決めて箸を置くと、寛は嵩の隣に腰を下ろした。

「よう帰った」

嵩の背中を叩き、寛は静かに言った。てっきり叱《しか》られると思ったが、それだけだった。伯父はなぜ家出をしたのかも訊かなかった。ただ、嵩が食事するのを眺めている。千尋を抜きに寛やキミと過ごすのは初めてで、少しばかりこそばゆい。

書生部屋も暖めてあった。干してふかふかした布団にくるまり、晩御飯のおかずが自分の好物ばかりだったことに遅ればせながら気づいた。

振り返ってみれば、今日だけのことではなかった。昨日は千尋の好きな肉巻きだったが、一昨日は嵩の好きな混ぜご飯だった。キミは千尋と嵩の好物を交互に作っている。着るもので千尋と差をつけられたこともなく、小遣《こづか》いも平等にもらっている。おもちゃの代わりに嵩は好きな本をふんだんに与えられていた。

眠りについた深夜、嵩は夢うつつに襖《ふすま》を開ける気配に気づいた。薄目を開けると、寛とキミが書生部屋を覗いていた。二人とも、嵩がいるのを見て安心したような顔をしている。

一人ぼっちじゃなかった。

その日を境に、嵩は伯父と伯母を父さん、母さん、と呼ぶようになった。


家出の後、嵩は漫画《まんが》少年になった。

受験生になっても相変わらず数学は苦手で、得意科目は図画と国語と歴史くらい。大学へ進学する気はあるものの家で教科書を開くこともなく、毎日「明日から頑張ろう」と心に誓《ちか》うありさまだった。

毎月『少年倶楽部《くらぶ》』の発売日には五十銭硬貨《せんこうか》を握りしめ、『幼年倶楽部』目当ての千尋と共に、後免町にある唯一《ゆいいつ》の書店へ買いにいく。

亡《な》き父が朝日新聞社の前に、講談社《こうだんしゃ》に一年在籍《ざいせき》していた縁《えん》もあり、柳瀬家は一家揃って本好きだった。家には『キング』、『婦人倶楽部』といった嵩好みの漫画の他、『面白《おもしろ》倶楽部』、『講談倶楽部』、『オール讀物《よみもの》』といった文芸誌や『主婦の友』、『婦人公論』、『文藝春秋《ぶんげいしゅんじゅう》』等の各種雑誌が揃っており、クラスでは嵩は本好きで通っていた。

その話を聞いてか、席替えで隣になった同級生の稲垣穣《いながきみのる》くんが声をかけてきた。

「ぼくの姉さんが漫画家の横山隆一《よこやまりゅういち》と結婚《けっこん》しちゅーがぜよ」

「えっ、本当に？」

確かに横山隆一は高知市出身だが、身近に親類がいるとは思いも寄らなかった。

「柳瀬は自分でも漫画を描くがやろう。良かったら、家へ遊びに来ぃや」

喜んで訪ねていくと、稲垣くんはアルバムを見せてくれた。横山隆一が撮影所《さつえいじょ》のセットで太鼓《たいこ》にまたがり、女優と並んで笑っている。

「すごいな」

「まっことこんもうて子どもみたいだけんど、面白い人ちや。今は東京に住んじゅーけんど、この中学校の先輩《せんぱい》ながやぜ」

「へえー」

見るもの聞くものすべてが新鮮《しんせん》で、嵩はすっかり興奮してしまった。

横山隆一は来年（一九三六年）の一月から朝日新聞東京版の朝刊で『江戸っ子健ちゃん』という四コマ漫画の連載《れんさい》を開始する予定なのだという。

「新聞で？　正チャンみたいに人気出るかな」

「かもね。義兄《にい》さんにとって大けなチャンスやき、うちの姉さんまで張り切っちゅーぜよ」

漫画家か。面白そうだな。

稲垣家のアルバムに見入りつつ、嵩は漠然《ばくぜん》と思った。夢物語だとは中学生でもわかるが、同じクラスに漫画家の義理の弟がいるのだ。ひょっとすると努力次第《しだい》で手が届くかもしれない。

まずは腕試しということで、漫画雑誌へ投稿《とうこう》することにした。受験生がみんな読むという、欧文社《おうぶんしゃ》（現・旺文社）の『受験旬報《じゅんぽう》』に漫画投稿ページがあるのだ。

すぐに嵩は入選した。

しかも一度だけではない。二度、三度と入選するのだ。弾《はず》みがついた嵩は次々と投稿した。入選常連者には小島貞二《こじまていじ》というライバルがいた。紙面には競《きそ》うように二人の名が載《の》るから、向こうもこちらの名を意識しているに違いない。

競争心を煽《あお》られた嵩は次々に投稿し、受験生だというのに、書生部屋の机の引き出しには、入選記念品のメダルが何枚もたまった。

この分だと、あっさり手が届くかもな。

引き出しを開けてメダルを眺め、嵩は内心鼻を高くした。

卒業したら東京へ出て漫画家になろう。横山隆一みたいに新聞で連載を持って、有名人と友だちになるのだ。稲垣くんが貸してくれた雑誌『新青年』のページを繰りつつ、嵩は将来を夢見た。その道がどれだけ険しいとも知らずに。

第三章　青春の終わり

1

人に出身を訊《たず》ねられたとき、暢《のぶ》は高知と答えることにしている。

もっとも、生まれたのは大阪だ。暢は鈴木商店《すずきしょうてん》で働いていた父、そして母の間に池田《いけだ》暢として育ち、娘《むすめ》時代を過ごした。父が亡《な》くなった後も大阪に留《とど》まり、女学校卒業後には東京に出た。そういう意味では大阪出身と言うべきだろう。

けれど、暢にとって高知はやはり特別な土地だ。

女学校を出た後、一九三九（昭和十四）年に結婚《けっこん》した相手が高知出身だった。六歳《さい》上の小松総一郎《こまつそういちろう》という人だ。日本郵船《にほんゆうせん》に勤める真面目《まじめ》な人で、短くも幸せな結婚生活を送った。もし戦争がなければ、今も暢は小松姓《せい》だったかもしれない。そんなふうに思うこともある。

結婚した年に第二次世界大戦が始まった。

それが不幸の始まりだ。新婚《しんこん》早々、総一郎さんは勤務先の関係もあるのか、一等機関士として召集《しょうしゅう》されてしまった。そういう人は他にもたくさんいたのだろうけど。だからといって、慰《なぐさ》めにはならない。

今も憶《おぼ》えている。日の丸の旗を振って、最愛の夫を見送った日のこと。

——小松総一郎さん、万歳《ばんざい》！

親類や近所の人が大勢見守る中、暢は先頭に立ち大声を張り上げた。

——万歳！　万歳！

涙《なみだ》を浮かべてこそいたものの、諸手を挙げて、総一郎さんを戦地へ送り出したのだ。

そういう時代だった、などと言い訳はしない。暢なりに自分で考え、喜んで旗を振ったのだから。都合のいい情報に踊らされ、自ら進んで騙《だま》されにいった、当時の恍惚《こうこつ》とした興奮を思い返すと、胸が悪くなる。

同じ頃、嵩《たかし》さんは学生だったという。

＊

高知県立城東中学校を卒業した後、東京高等工芸学校に入った。

現在の千葉大学工学部だ。中学で数学に躓《つまず》いたにしては快挙だと、自分でも思っている。

入試科目に数学が課されていたから、一念発起して猛勉強した。といっても、数学の基礎を理解していないから丸暗記に頼った。代数と幾何《きか》の問題集を買ってきて繰り返し説けば、問題と解答のパターンを覚えられる。

理解度という意味では謎だが、ともかく一次試験を突破し、二次の口頭試問と作文を経て、めでたく合格した。

発奮したのは、伯父の寛の励ましによるところが大きい。

ときは遡《さかのぼ》って受験生の頃――。

相変わらず漫画に夢中で、さっぱり勉強が手につかずにいたある日、寛の部屋に呼ばれた。いい加減、進路を決めるよう諭されるのだと、うんざりして赴《おもむ》いたところ、

「嵩、医学部に進むつもりはないか」

思いがけない申し出を受け、嵩は面食らった。

「そのつもりがあれば、この医院をお前に譲《ゆず》ってもいいと考えているんだ。もちろん学費の心配はいらない」

「ありがとう。でも、ぼくは医者にはならない」

「千尋への遠慮《えんりょ》はせいでえいぞ。あいつのことも、きちんと考えちゅーき」

念を押されたが、嵩は首を横に振った。

「そうか。お前の考えはわかった。ほんならしゃあない」

もっと食い下がられると思ったが、寛はあっさりしていた。

「なら、嵩は将来どうする。何かやりたい仕事はあるがか」

「絵を描く仕事をしたいと思ってる」

「ほーう」

伯父は手のひらで顎《あご》を撫でて唸《うな》った。

「嵩は漫画が好きやきな。漫画家になりたいのか」

「——難しいとは思うけど」

「そら、そうだ。田舎町の中学で少しばかり絵が上手と評判だといったち、それで食べていくがは難しい。図案はどうだ。ほんなら就職先があるかもしれん。図案制作会社やらデパートやら」

現実的なアドバイスだった。

田舎の中学生の嵩にはそういう発想はなかった。伯父の提案に従い、中学五年生のときに東京美術学校師範科と京都工芸学校を受験したのだが、数学が足を引っ張ったのか不合格、浪人することになった。

「予備校に行ってもえいぞ」

寛大な伯父は声をかけてくれたが、嵩は独学で勉強した。

医学部でなくとも、学費は出してくれるという。ならば、せめて浪人時代くらい、伯父に迷惑をかけるのが忍《しの》びなく、しかし独学で数学のセンスを身に着けることも叶《かな》わなかった嵩が思いついたのが、問題集の丸暗記という学習法だった。

こんな方法で合格できるのか、正直なところ甚《はなは》だ不安だったが、一年の浪人を経て、嵩は東京工芸高等学校図案科を受験した。

一次試験の合格者に名前があると教えてくれたのは、同じ書生部屋で寝起きしていた叔父《おじ》の正周《まさちか》だ。

「なんや、まだ家におるがか。嵩、今日は二次試験やろ。しゃんしゃん行きや」

慌てて飛び出し、口頭試問と作文の試験を受けた。どうなることかと思ったが、いざ合格発表で自分の名前を見つけたときには、天にも昇る気持ちになった。

「えらかったねや、嵩」

「すごいわ、タカちゃん」

「兄ちゃん、やったね！」

家に帰ると、寛とキミと千尋の祝福が待っていた。電話で知らせてあったから、食卓には尾頭付きのお刺身と赤飯が用意されており、その日ばかりは嵩が主役で大いに盛り上がり、寛は休診日でもないのに酔《よ》っ払《ぱら》い、中学生の千尋に酒を勧め、キミに叱られた。

嵩はまるきり下戸で飲めないのだが、寛はいける口だ。夜が更けると、近所の者までお祝いを言いにきてくれたのは面映《おもは》ゆかった。

酒を舐《な》めさせられた千尋は、中学に入って長くなった顔を赤く火照《ほて》らせていた。子どもの頃はコンパスで描いたみたいな丸顔をしていたのに、成長につれて顎が伸びたのだろう。

「お前、もう止めとけ」

「今日だけだよ。兄ちゃんの祝い酒だ」

「中学生が何を言ってる」

この分だとこいつも酒飲みになるな、と思った。

家には毎晩のように、寛が趣味でやっている俳句仲間が遊びにくる。酒盛りが始まると、やかましくて眠れない。酔うと、寛は薩摩琵琶《さつまびわ》を弾《ひ》いて歌うのだが、これが笑ってしまうほど下手なのだ。

当然この日も歌った。柳瀬医院の院長として御免町では名士だというのに、音痴《おんち》で笑われて平気なのかと、内心ひやひやするほどだが、自分の合格で上機嫌になっている寛を見るのは嬉しい。

優しい人だった。

ずっと大きな心で包んでくれていたのだと、後免町を離れ一人暮らしをして初めて悟った。東京高等工芸学校図案科の学費はもちろん、衣食住の生活費まで賄《まかな》ってもらい、好きな絵の勉強を始められるのは寛の力添《ちからぞ》えあってのこと。

伯父というより育ての父。

そう呼んだほうが正しい。寛の後押しを受け、嵩は夢のスタート地点に立った。

2

東京高等工芸学校の図案科には、一クラス二十人ほどの同級生がおり、室内、服《ふく》飾《しょく》、商業美術のグループに分かれて勉強した。

嵩は商業美術のグループに属し、グラフィックデザインを学んだ。絵や文字、写真、図などを組み合わせて、情報やメッセージを伝えるためのデザインを考えるグループだ。

どんな大学生活だったたって？　そりゃもう、ワッサンだよ。

ワッサワッサワッサリンノ　モンチキリンノホイ
ヤカンリカンガ　ヒッキリモッキリノリー
シャップラポー　シャップラポーワサキュー
リキュラカ　ヒキュラカ　チャカランポー
ウツウツ　パイパイ

はい、意味不明。

これは東京高等工芸学校図案科の歌だ。こんなものを先輩《せんぱい》から後輩《こうはい》へ代々口伝《くでん》で継《けい》承《しょう》するのだ。いかに愉快《ゆかい》な学校か想像つくだろう。浮かれ過ぎて、受験生時代、世話になった『受験旬報《じゅんぽう》』に合格手記をしたためて送りつけたほど。

学生のみならず、先生も個性的な人が多かった。嵩が強く影響《えいきょう》を受けた杉山豊桔《すぎやまとよき》先生はとりわけ自由で、学生に「机にかじりついて勉強するより、毎日銀座へ行け」とけしかけるような人だった。

ふざけているわけじゃない。流行は日々移り変わる。教科書の勉強だけではなく、町へ繰り出し、あらゆるものから時代を吸収して学べ、という教えだろう。

従順な嵩は、お金もないのに連夜銀座へ繰り出した。杉山先生の教えに従い、「銀座学校」で学んだわけだ。

図案科の仲間とは気が合い、とにかく毎日が楽しかった。仕送りをもらって昼間は好きな勉強をして、夜通し都会で遊ぶ。体力のある若いうちにしかできない無茶だ。そんなふうにして、三年間の学生生活は飛ぶように過ぎた。

順調に進級し、一九三九（昭和十四）年、嵩は東京高等工芸学校の卒業年を迎えた。冬の頃には授業もなく、大学ではひたすら卒業制作に没頭《ぼっとう》していた。

そんなある日のことだ。

下宿に後免町《ごめんちょう》の家から電報が届いた。伯母《おば》からだ。何事かと開くと、

「チチキトクスグカエレ」

一瞬《いっしゅん》、文面が頭に入ってこなかった。

危篤《きとく》？

突然《とつぜん》の急報に頭がついていけない。混乱したまま、ともかく荷物をまとめて部屋を飛び出したはいいが、いつもの癖《くせ》で足が大学へ向く。

「どうした。顔色が悪いぞ」

商業美術の仲間に言われたが、嵩は曖昧《あいまい》にかぶりを振《ふ》ってごまかし、腕《うで》まくりをして絵筆をとった。卒業制作の提出日が間近に迫《せま》っているのだ。

「平気だよ」

伯父が危篤だとは言えず、何でもないふうを装《よそお》った。胸中の不安が現実になること

を恐《おそ》れたのだ。

しかし、実家へ帰るのが怖《こわ》くて逃げを打ったと自分でもわかるせいか、手が震《ふる》えて容易に作業が進まない。明け方、どうにかこうにか卒業制作を完成させると、嵩は大急ぎで東京駅へ走った。

我に返り、どっと不安が襲《おそ》ってきたのは、汽車が走り出してからだ。窓ガラスを見ると、寝不足のひどい顔が映っていた。

嘘《うそ》だろ。

いつも通りを装っているはずが、今にも泣きそうな表情をしている。よくこんな顔を仲間に見せられたものだ。

大丈夫だって。

汽車に乗っている間中、胸で唱えつづけた。

伯父の寛《ひろし》は五十。まだ死ぬような歳《とし》じゃない。危篤というのは半分脅《おど》しだ。そう言い聞かせていないと、不安で居ても立っても居られない。

汽車で岡山、宇野、高松と乗り継ぎ、一日かけてようやく後免駅についた後は、ひたすら走った。どうか間に合ってくれ。どうか。どうか！　必死に祈りながら、前のめりに急いだ。

玄関《げんかん》をくぐると、荒々しく廊下《ろうか》を踏《ふ》んで千尋が出てきた。

「遅いよ、兄貴！」

叫《さけ》ぶなり、目を剝《む》いて嵩を睨《にら》みつける。

「電報打ったのに、どうしてすぐ帰ってこなかったんだ。何してたんだよ！」

千尋は目を真っ赤に充血《じゅうけつ》させていた。

駄目《だめ》だったか。弟の顔を見て悟《さと》った。

「――ごめん」

絞《しぼ》り出《だ》すようにつぶやくと、千尋の吊《つ》り上《あ》がった眉が垂れ、八の字になった。

「こんなときに勝手を通すことないだろ」

まったくもってその通りで、返す言葉もない。

「ごめん」

阿呆《あほう》のように同じ言葉を繰り返す。千尋は眉を吊り上げたまま、嵩を睨みつづけた。

奥座敷へ入ると、もう寛は棺《ひつぎ》に入っていた。顔に白い布が載《の》せられているのを見た途端《とたん》、悲しいと感じるより先に涙があふれた。

「タカちゃん、お帰り」

喪服《もふく》に身を包んだキミに涙顔で出迎えられ、嵩は悔《く》やんだ。

馬鹿だった。卒業制作など放って、電報を受け取ったその足で東京駅へ向かうべきだった。一人で嵩たちの帰りを待っていたキミのためにも。

「お父さん！」

棺の中の寛に縋《すが》り、嵩は子どもみたいに泣いた。

背が高く、肩幅《かたはば》が広くがっしりとして丈夫な人だったのに。寛は五十で逝《い》ってしまった。開業医として忙《いそが》しく働く傍《かたわ》ら、嵩や千尋、今は東京で銀行員として働いている、叔父の正周の面倒を見た苦労で命をすり減らしたのだろう。

寛は柳瀬家の立派な大黒柱だった。たった一人で親族全員を食べさせていた。いつも穏やかに笑っていたが、その裏でどれだけの無理を重ねていたのか。

千尋が座敷に入ってきて、隣《となり》に座った。

こぶしで目元をぬぐっている。千尋は嵩と違い、電報を受けたその足で後免町へ帰省してきたようだ。千尋は城東中学四年生から旧制高知高校へ進み、京都帝国大学法科（現・京都大学法学部）に入った。黒い詰襟《つめえり》の肩《かた》をすぼめて泣いている。

柳瀬医院の跡継ぎになると思いきや、千尋は医科には進まなかった。法科で学び、将来は法律家になりたいという。寛は本人の希望を受け入れ、好きな道へ進ませた。嵩にそうしてくれたように。つくづく懐《ふところ》の深い父親だったのだ。

もっと頻繁《ひんぱん》に帰省すれば良かった。

何度呼んでも、寛は目を覚まさない。生気の抜けた顔をして、じっと横たわっているばかりだ。

お父さんのおかげで楽しく励んでいると、感謝の気持ちを伝えておけば良かった。大学でたくさんの仲間を作り、就職先も見つけた。勧められた通り、デザインの職につくことが決まった。これからは恩返しするよ、と言って伯父を喜ばせてやりたかった。

うつむくと、絵の具で汚れた両手が見えた。爪《つめ》も伸びている。

昨日も作業しているときに気づいたが、敢《あ》えて切らなかった。夜に爪を切ると親の死に目に会えない。迷信《めいしん》を逆手に取り、どうか間に合ってくれと淡《あわ》い期待を託《たく》したのだ。

卒業制作を放り出せなかったのは、留年を避けたかったからだ。

そうなれば、一年余計に学費を払わせることになる。早く脛齧《すねかじ》りの身を脱《だっ》し、社会へ出て安心させたかった。そんな目先の心配をして優先順位を誤ったのは馬鹿だ。千尋の言う通り、すぐ帰れば良かったのだ。見通しが甘い己《おのれ》が情けない。

嵩は東京田辺製薬《とうきょうたなべせいやく》の宣伝部に入社が決まっていた。

製薬会社に入ると言ったら、寛は意外に思ったかもしれない。

けれど嵩が「製薬会社に入れれば、柳瀬医院のために少しは安く調剤薬を手に入れられるようになると思って」と志望動機を打ち明けたら、ロイド眼鏡の奥の目を細めたに違いない。ひょっとして男泣きしたかな。感激して、下手な薩摩琵琶をかき鳴らし、ついでにバイクで近所を走り回ったかもしれない。その姿を思い浮かべるだけで涙が出る。

初七日の法要を済ませた後、下宿に戻った。

「おい、柳瀬。大丈夫か？」

事情を知った仲間が心配して様子を見にきたが、居留守を使って部屋に閉じこもった。不出来ながら卒業制作が受理されたものの、卒業式には出ず、ひっそり学生生活に幕を下ろした。せめて取り返しのつかない過ちをした己に罰を与えたかったのだ。

嵩、二十一歳。

実の父に加え、育ての父を亡くした。

やがて第二次世界大戦が勃発《ぼっぱつ》することを、嵩はまだ知らない。

3

一九四〇（昭和十五）年一月、嵩のもとへ赤紙が届いた。

宣伝部で働く若きデザイナーは故郷に帰り、理髪店《りはつてん》で坊主頭《ぼうずあたま》になり、徴兵《ちょうへい》検査を受けた。視力が悪いせいで、結果は第一乙種《おつしゅ》合格。

「タカちゃん、ちゃんとお勤めを果たして、堂々と帰っていらっしゃいね。待ちゆうき」

キミは嵩の手を握《にぎ》り、同じ言葉を繰り返した。夫に続き、甥《おい》まで喪《うしな》うのではないかと怯《おび》えていたのだ。

「上役の人に反抗《はんこう》しちゃいかんよ。言いつけを守って、おとなしゅうしていなさい。ああ、やけんど声がこんまいと、生意気だと誤解されるわね。今のうちに返事の練習をしちょくとえいわ」

後免町で過ごした子ども時代、とかく嵩は陰気《いんき》だった。千尋に対する劣等感《れっとうかん》で心がひねくれ、ふてくされて反抗ばかりしていた姿を見てきたキミは、嵩が軍隊で虐《いじ》められるに違いないと心配していたのだ。

「大丈夫だよ。ちゃんとやるから」

根拠《こんきょ》はなかったが、嵩は呑気《のんき》に構えていた。

むろん軍隊に入るのは不安だが、どうにかなる。

赤紙が届き、後免町に帰ってきた者は他にもいた。理髪店でも幼馴染《おさななじみ》と再会し、苦笑いを交わした。かつての同級生と一緒《いっしょ》に入隊するなら心強い。

「懐《なつ》かしい面々と励まし合いながら頑張《がんば》るさ」

と、キミには話していたのだが、実際に入隊することになったのは、故郷から遠く離れた九州小倉《こくら》の野戦重砲兵第六聯隊補充隊《やせんじゅうほうへいだいろくれんたいほじゅうたい》で、当てが外れた。

まったく。思う通りにいかないことばかりだ。

部隊では古風な兵舎で馬と一緒に暮らした。臭いのにも閉口したが、それより毎日上官に殴られるのには堪《こた》えた。罰を与えるためではなく、殴るために殴る。そう考えないと理屈に合わない。

こんなのはおかしい。間違えている。と、入隊一年目は毎日思っていた。

これが噂に聞いていた猛特訓かと、骨身にしみるようなビンタを浴びまくり、大袈裟ではなく顔が変形した。

厳しく仕込むことを「叩《たた》き直《なお》す」と言うが、まさにその通り。未熟児生まれでひ弱な嵩も、入隊二年目ともなると頑丈になり、大抵のしごきに耐えた。叩き直す、という言葉そのものといった軍隊生活だった。

決められた通りにやっていれば、段々殴られなくなる。それに気づくと、後は楽だった。何しろ自分では考えなくても、ルールに従ってさえいれば平和にしていられる。

幹部候補生の試験を受け、嵩は乙官幹部の下士官を拝命された。残念ながら、甲官にはなれなかったわけだが、優秀だった同期はさっそく前線へ送り込まれた。内地にいれば命を落とす心配はない。

一九四一（昭和十六）年二月、召集期間が終わる頃には既《すで》に、日本がハワイへ奇《き》襲《しゅう》をしかけたことをきっかけに第二次世界大戦が勃発していた。

当然、召集期間は延長となり、除隊は叶わなかった。

そんなある日、小倉まで千尋が訪ねてきた。最後の挨拶《あいさつ》をしに来たのだ。

千尋が訪ねてきたのは、よく晴れた日の午前中だった。

嵩が小倉にいることは、後免町のキミに聞いていたらしい。すらりとした千尋に海軍の制服はよく似合った。白い詰襟と金ボタンを輝かせ、短剣《たんけん》をつるした姿は見るからに眩《まぶ》しく、我が弟ながら誇《ほこ》らしかったが、神妙《しんみょう》な面持《おもも》ちをしているのが気に掛かる。

急いで外出許可をもらい、千尋が泊まっている旅館で食事をした。座敷は広い庭に面しており、窓は開け放してあった。

近くで鳥が鳴いているのが聞こえた。庭で餌《えさ》をついばんでいるのか騒々《そうぞう》しく、窓を閉めようかとも思ったが、千尋は気にしていない様子だったので開けておいた。まあ、静か過ぎるより、多少音がするほうが話しやすいものだ。

「今日はどうしたんだよ。この近くで訓練しているのか？」

「いや、休みを取って会いにきたんだ」

「休みが取れるのか？　海軍は優雅《ゆうが》だな」

嵩が茶化《ちゃか》すと、千尋はさらりと受け答えた。

「まあね。無理を言ったんだよ。兄貴の顔を見られるのもこれが最後だから」

一瞬、音が消えた。

さっきまで騒《さわ》いでいた鳥の声が遠くなる。

千尋は口を閉じ、目を伏せた。

やっぱり。

姿を見た瞬間、嫌な予感がしたのだ。わざわざ小倉まで来るなんておかしいと思った。千尋は海軍の特別任務につくのだという。要するに特攻隊《とっこうたい》だ。潜水艇《せんすいてい》に乗り、連合軍の艦船《かんせん》に体当たりしにいく。

「どうして、お前がそんなことをするんだ」

「志願したんだよ」

少し前に若い将校が集められたのだという。

──特別任務を志願する者は一歩前に。

上官に言われ、千尋は従ったのだそうだ。

「馬鹿正直に命令を聞くことなんかないんだよ。だって、お前……」

潜水艇なんて、そんなものに乗ればどういうことになるか。その先は恐ろしくて口にできなかった。

「仕方ないだろ。みんな前に出たんだ。自分だけ出ないわけにいかない」

「母さんはどうするんだ。父さんが死んで一人になったんだぞ」

「そんな家は他にもある。お互い様だ」

平気な顔をして言う。

幼い頃、千尋はよく女の子に間違えられた。東京の借家に暮らしていたときは、赤い着物を着せられ、髪もおかっぱだった。体の弱い子は女の子として育てるといいという迷信に従い、両親がそうしたのだ。その千尋が特攻に志願したと言う。こんなことになるなら、病弱なままで良かった。

「このあいだ、母さんにも会った」

「後免町に帰省したのか」

「違う。東京にいるほうの母さんだ」

かつて白いパラソルを差して去っていった実母登喜子《ときこ》のことだ。再婚《さいこん》した当初は高知市内に住んでいたが、今は東京へ出てきているのだ。そのことは千尋にも伝えてあった。小倉へ来る前に顔を出してきたという。

「元気そうだったよ。いい伴侶《はんりょ》に恵まれたんだな。もう何の心配もいらない」

千尋は白い詰襟の胸ポケットから一枚の写真を取り出し、しばし見入った。京都帝国大学時代の千尋と登喜子が並んでいる写真だった。黒い学帽《がくぼう》に黒いコート、黒手袋をした千尋が精悍《せいかん》な顔つきで写っている。

伯父夫婦に引き取られたとき、千尋は三歳だった。

ひょっとしたら、実の母のことは憶えていないかもしれないと思っていた。当時五歳で、既に物心ついていた嵩だけが、母に捨てられたことを根に持ち、いつまでも恋しがっているのだと。

けれど違った。

ある日、嵩は三好達治《みよしたつじ》の本の中に両親の写真が挟《はさ》まっているのを見つけた。東京の借家で撮ったもので端が擦《す》り切《き》れている。当時中学生だった千尋は、寛やキミの手前、こうして本に挟んでこっそり眺《なが》めていたのだろう。

その千尋が特攻へ行く。

嵩は全身に冷たい汗をかいていた。体がこわばり、頭がうまく働かない。

こんなときだというのに、目の前にいる千尋は微笑《ほほえ》んでいる。

いつの間にかすっかり大人になってしまった弟が眩しかった。自分が同じ立場なら、たぶん一歩前には出られない。

「今からでも断れないのか?」

「無理だ」

「何なら、ぼくが土下座しに行く」

「馬鹿なことを言うなよ。そんなことしても無駄《むだ》だ」

千尋が困惑《こんわく》しているのを見て、胸が絞《しぼ》られるように痛んだ。

兄弟だから喧嘩《けんか》もする。

あいつばかり正式な養子にしてもらってずるいと、妬《ねた》んだこともある。生意気なことを言われて腹を立て、何日も口を利かない日もあった。頭でも柔道でもこいつには適《かな》わないと、と悔《くや》し涙《なみだ》を呑《の》んで恨《うら》んだ夜もある。

だけど、たった一人の弟だ。

これからも兄弟喧嘩をしながら、やっていくつもりでいた。

朴《ほお》ノ木《き》の家が浮かんだ。五歳のとき、二人でビー玉遊びをしたあの日がよみがえる。よそゆきを着せられ、無心にビー玉を転がしていた後姿。梅の木に登り、枝の上から呼びかけたときに、ぱっと振り向いた丸い瞳《ひとみ》。

それから、つい数年前に後免町の家で怒鳴《どな》られた日のことを思い出した。黒い詰襟を着て、嵩の横で涙をこぼしていた千尋。キミを支え、葬儀《そうぎ》では喪主をつとめた頼もしい弟に、もう二度と会えなくなるのか。

「脱走《だっそう》しろ。もう海軍には戻るな。このまま小倉にいればいい。同じ連隊に入れてもらえるよう、上官に頼んでやる」

こんなときに物わかりのいい顔をするな。

感情を押し殺し、立派に振る舞おうとする弟がいじらしかった。逃げられないことは百も承知で、坊主頭を掻《か》きむしる。

「どうして黙《だま》ってるんだよ！」

声を荒らげても、千尋は黙っている。

格好いい白襟が憎《にく》らしく、嵩は目を剝いて睨んだ。膝《ひざ》の上で固めた千尋のこぶしが震えている。

「せめて兄貴は長生きしろよ」

「うるさい」

「母さんのためだ。無事に帰ってやってくれ」

こんなときにも親を慮《おもんぱか》る、立派な弟には頭が上がるわけがない。

「とにかく断れ」

言い放ち、話を終わらせた。千尋の顔を見たのはそれが最後だ。

4

一九四五（昭和二十）年。

嵩は中国の朱渓鎮《しゅけいちん》で終戦を迎えた。ラジオを聞いても天皇陛下の声はほとんど聞き取れなかったが、負けたことは何となくわかった。

その後、朱渓鎮で半年ばかり帰国の順番を待ちながら過ごした。

戦場にいながら、兵隊仲間に乞《こ》われて絵を教え、連隊の仲間と芝居《しばい》を作ったのは妙《みょう》な思い出だ。幸い——と言っていいかどうか、敵と遭遇《そうぐう》することはなかった。が、ともかく空腹がきつくて堪《たま》らなかった。

寝ても覚めても、考えるのは食べ物のことばかり。

何度か気を失いかけ、浅い夢の中で父の清《きよし》に会った。上海で客死《かくし》した父は黙って嵩を見ているだけで、口は利かなかったが、優しい顔をしていた。

苦いたんぽぽを食べて飢《う》えをしのぎ、どうにか無事に帰国できたのは、上海《シャンハイ》で亡くなった父が守ってくれたおかげだと思っている。

翌一九四六（昭和二十一）年三月、長々と汽車を乗り継ぎ、ようやく嵩は故郷に戻った。小倉へ召集されたときより五年、二十六になっていた。

相変わらずがらんとしたホームに降り立ち、辺りを見渡す。ひらひらと目の前に舞っているのは桜の花びらだった。

しばし茫然《ぼうぜん》とする。ひょっとして、この地には戦争が来なかったのかと思うほど、平和な景色が広がっていることにとまどう。

駅舎を出ると、犬を散歩させているお婆《ばあ》さんがいた。軍服姿の嵩をちらと見返り、「お帰り」と言う。

「今着いたんかね」

「はい、おかげさまで」

「ご苦労さんじゃったなあ。早う帰ってやり」

お婆さんの傍らで犬があくびをした。白っぽい田舎道を歩くと、懐かしい我が家が見えてきた。

「ただいま」

裏木戸から入り、庭で水やりをしていたキミに声をかけた。ぎょっと背中をこわばらせ、振り返るなり、キミが目を見開く。

「タカちゃん……」

顔をゆがめ、キミは泣き出した。

やはり千尋は亡くなっていた。

あらかじめ特別任務の話を聞いていただけに、驚きはなかった。そうだったかと、残念に思っただけだ。船で日本へ戻ってくる間、何度か千尋が夢枕《ゆめまくら》に立ったせいもあり、心のどこかで弟の死を予感していた。

家には伯父と父の妹、繁以《しげい》もいた。その日の夕ご飯はすき焼きだった。復員してきた嵩の苦労をねぎらおうと、キミが奮発したのだ。朱渓鎮でさんざん空腹に苦しめられた分、嵩はお腹の皮がはちきれるくらい食べた。

すき焼きは千尋の好物でもあった。

子ども時代は競うようにして肉を食べた。奥座敷には白い骨壺《こつつぼ》が置いてあった。中に入っているのは名を記した一枚の木片《もくへん》だけだ。

戦争とは何だったのか。

どうして千尋が死に、自分が生きているのかさっぱりわからない。

後免町へ着いてから、ずっと考えていた。故郷は山も川も空の色や雲の形さえ、昔のまま変わらないのに、この世のどこにも千尋はいない。

骨壺を白い布でくるみ、キミと一緒に墓地へ埋葬《まいそう》に出かけると、近所の者が気づいてお辞儀《じぎ》する。その都度、キミがめっきり白髪《しらが》の増えた頭を下げるのが悲しかった。

柳瀬家の墓地は山の上にある。キミの手を引いて登ると、墓石の周りは桜が満開だった。白々とした花びらが音もなく空を舞う。

骨壺を墓に納め、キミと二人で手を合わせた。

「チーちゃん、ご苦労さまでした」

キミは墓石にすがりつき、千尋に話しかけた。まだ年寄りと呼ぶには早いのに、背中が丸まっている。

「母さん、ごめん」

肩に手をかけると、キミは不思議そうに首を傾《かし》げた。

「なしてタカちゃんが謝《あやま》るが。なんちゃあ悪いことしちゃあせんですろうに」

「ぼくは知ってたんだ、千尋が特攻にいくこと。あいつ、小倉へ会いにきたんだよ。

なのに、止められなかった。無理やりにでも止めれば良かったんだ」

「そがなんしたら、タカちゃんは憲兵に逮捕《たいほ》されちょったよ」

嵩を見上げ、キミが目尻《めじり》に皺《しわ》を寄せた。

「諦《あきら》めるしかないがよ。戦争に子を取られたがはうちだけやないき」

自分に言い聞かせるようにキミはつぶやき、うなずいている。

戦争なんて。そんなのは亡くした子を諦める理由にならない。

後免町のホームに降り立ったとき、あまりに平和な景色が広がっているのに驚いた。ここには戦争が来なかったのかと思ったが、それは間違いだった。空襲を受けなかっただけで、戦争は後免町にも来たのだ。キミから最愛の息子を奪っていった。

何だったんだ。

小倉の旅館で最後に話をした日のことを思い出す。

戦争をしたのは過ちだった。

今さらそんなことを言われても、千尋は生き返らない。聖戦だったはずなのに、終戦したら正義は引っくり返ってしまった。こんなことってあるか。

嵩が生きて帰れたのは幸いなのだろう。もし嵩まで一枚の木片になって帰ったら、キミはもっと泣いたはずだ。でも。

千尋。

ぼくにはわからない。伯母を泣かせたあの戦争に、何の意味があったんだ。教えてくれよ。ぼくはこの先、どう生きていけばいい。

5

その一年前。

一九四五（昭和二十）年、終戦を高知で迎えた暢は途方《とほう》に暮れていた。無事に戦争から帰ったと思いきや、総一郎さんが病気で亡くなったのだ。子どもはなく、財産といえば夫が遺《のこ》したカメラのみ。貯金も米櫃《こめびつ》も底をついた。食べるためには、カメラを売らなければならない。

が、それはどうしても嫌だった。カメラは総一郎さんの宝物だった。新婚時代、休日にはカメラを持ってあちこちに出かけた。これには夫婦の思い出が詰《つ》まっている。今やカメラは暢の宝物でもあった。飢《う》えようと、手放すことだけは避《さ》けたい。

とはいえ、知り合いもない高知の町で、ただの寡婦《かふ》に何ができるやら。心細くて、ひもじくて、つい涙に暮れそうな自分を、暢は必死に鼓舞《こぶ》していた。

さて。

涙ぐんでも仕方ない。どうしたものかと思案するうち、ふと下を向いたら、束ねておいた古新聞に目が留《と》まった。

高知新聞は、亡き夫が取っていた地元紙だ。広告欄《こうこくらん》の小さな囲み記事が光って見えた。

何気なく読むと、

――女性記者求む。給与等条件は応相談。

と、ある。

入社試験の日付を見て、次にカレンダーを確かめた。今日だ。試験開始まであと二時間。急げば間に合う。

すっくと身を起こして顔を整え、嫁入《よめい》り前に作ったスーツを着込み、暢は自慢《じまん》の足で高知新聞社へ駆《か》けていったのである。


なぜ新聞社に応募《おうぼ》したかといえば、カメラを持っていたからだ。

総一郎さんの遺したドイツ製のカメラ。泣き暮らしていては、いずれ生活のために売る羽目になる。

求人広告を見つけたのは偶然《ぐうぜん》じゃない。総一郎さんの意思だ。

暢はそう信じ、入社試験を受けた。採用されたのも、たぶん総一郎さんが力を貸してくれたおかげだ。暢が生きていけるように。生前宝物にしていたライカに、彼の念が残っていたのかもしれない。

思った通り、記者の仕事にはカメラが役に立った。

人には言わなかったが、夫の遺品で写真を撮り、記事を書くのは楽しかった。

「小松さん、今回の記事も評判良かったよ」

地元の名物や記事を取り上げる月刊誌の仕事に、女性の視点は役立った。

新聞の硬《かた》い記事を敬遠する、一家の母親や娘《むすめ》、子どもたちを読者層に狙《ねら》っているだけに、暢は重宝された。ことに服飾や雑貨に関する記事に人気が出た。鈴木商店で働いていた父の影響を受け、幼いときよりハイカラ好みだったところが、戦争の暗い雰《ふん》囲気《いき》に倦《う》み、豊かなものを暮らしに取り入れたくなった人々に受けたのだろう。

「いやあ、それにしても小松さんの活躍《かつやく》は大したもんだ。うかうかしてると、編集長の座を奪《うば》われるな」

「下剋上《げこくじょう》、狙ってますから」

「おお怖。小松さん、綺麗《きれい》な顔してはちきんだから」

忙しい日々で、暢は息を吹き返した。

募集広告に引っ張られるように社会へ出て、無我夢中で走るうち、前みたいに笑えるようになっていた。

そこへ嵩さんが転職してきた。

最初は社会部にいたが、じき暢のいる編集部へ移ってきた。

入社試験で「高知の日曜市について記事にまとめよ」というテーマに対し、「日曜市に来ている人に取材してみたら、実はみんな高知新聞の記者だった」とオチのあるショートストーリーを書いたという。面白《おもしろ》い人が入ってきたらしいと、入社前から噂《うわさ》になっていた。

後免町に家があり、毎日手製の弁当を持ってくる。痩《や》せている割によく食べる。そのことが好ましかった。

デスクが向かい合わせだから、一日のうちにしょっちゅう目が合う。照れ屋なのか、その都度ぱっと顔を横に背《そむ》ける。横顔に赤みが差しているのを見て、この人はわたしが好きなんだわ、と暢は早いうちに察していた。

なのに、そこから先が進まない。ちらちら盗《ぬす》み見《み》するばかりで、仕事の話をする他にはちっとも近づいてこないのだ。

歳は暢より一つ下の二十七。年上なのを気にして声をかけにくいのかもしれないと、こちらから話しかけると、案の定、嵩さんは嬉し気に痩《や》せた頰《ほお》をほころばす。

「集金に行ってきます」

暢が席を立つと、

「じゃあ、ぼくも」

と、仕事の手を止めてついてくる。

広告主の中には暢が女だからと軽んじ、支払いを延ばそうとする不届き者がいる。今日集金に行くのはその手の会社だった。嵩さんは男の自分が一緒なら、暢が苦労せずに済むよう慮ってくれているのだろう。

「一人で平気だってば」

「いいんです。ついでですから」

「何のついでよ」

「……集金の」

からかうと、へどもどして汗をかく。

正直な人なのだ。それに優しい。編集部は四人体制で常にギリギリで回している。暢に付き合えば、残業になると承知で手を貸してくれる。

とはいえ、実際のところ一人で大丈夫なのだ。暢は集金先の会社に着くと、一人でビルの中へ入った。

「いい？　五分経《た》ったら様子を見にきて」

とまどい顔の嵩さんに言い含め、雑居ビルの階段を上る。

広告を頼んだのは、駅前の飲酒店だった。五十代の店主は咥《くわ》え煙草《たばこ》で出てくると、暢の顔を見るなり追い出そうとした。

「集金？　今忙しいき、また来てくれんか」

ドアを片手で押さえて言う。男は暢を室内へ入れようともしなかった。

「先日もそうおっしゃいましたよね」

「そうじゃったか？」

「ええ、そうですとも。今日は払ってくださいな。支払日は過ぎているんです。これ以上は待てません」

「ったく、しつこいのう。払えんものは払えん。ない袖《そで》を振れっちゅうのかい」

男は薄笑いを浮かべ、早くもドアを閉めようとする。

「振りなさいよ」

「……あん？」

顎を突き出し、暢を睨む。

「ない袖を振って、広告料金を払いなさいと言ったの」

「気の強い姉ちゃんじゃのう」

聞こえよがしに舌打ちし、男は頭を掻きむしった。ぱらぱらとフケが落ちる。わざとやっているのだ。

「汚いわね」

思わず暢はショルダーバッグを投げつけた。

「こっちは契約《けいやく》通りに広告を載せたんだから、対価を支払うのが当然でしょう。商取引なんだもの。また載せてほしければ、さっさと払いなさいよ。わたしは高知新聞社として来てるの。女だからって舐めてかかるのもいい加減にしてちょうだい。会社同士の取引に男も女もないのよ」

もう戦争は終わった。いつまでも男が威張《いば》っていられると思ったら大間違いだ。

色白で、おとなしい顔立ちのせいで御《ぎょ》しやすいと思われがちだが、暢は生き馬の目を抜く、商人の町大阪で育っている。馬鹿にしてもらっては困るのだ。

嵩さんが階段を上ってきたのは、騒動《そうどう》を聞きつけた若い男の人が、店から出てきて暢のショルダーバッグを拾ってくれたときだった。五分経ったのだ。力んだ面持ちをして、若い男と暢の間に立とうとする。

「その人は違うわ」

「え？」

「終わったのよ。帰りましょう」

暢はショルダーバッグを受け取ると、踵《きびす》を返した。

若い男の人は店の客だった。たまたま食事に来て、騒ぎを聞きつけたという。その人の手前、店主は渋々《しぶしぶ》金を払った。客の前で恥《はじ》をかかされ、むっとしている店主をその場に残し、暢は集金袋をバッグにしまった。

さっさと階段を下り、ビルの前で大きく伸びをする。

「どうやって集金したんです。怖そうな人だったじゃないですか」

「内緒」

「ずるいなあ。教えてくださいよ」

「今度ね」

嵩さんは召集される前、日本橋にある東京田辺製薬の宣伝部にいたそうだ。大学も東京高等工芸学校の図案科卒で、学生時代は毎夜のように銀座へ通っていたのだと吹いている。話も合うし、一緒にいて疲れない。というか楽しい。

仕事を始めるまで、暢は高知を出るつもりだった。

この町は総一郎さんと過ごした思い出であふれている。高知城もはりまや橋も、見るだけで悲しくなる。いずれ家を畳《たた》み、知り合いを頼り、結婚前に働いていた東京へ戻ろうと思っていた。

新聞記者の仕事は暢の性《しょう》に合っている。

忙しい職場で、仲間と和気あいあい働くのがいい。自分の名刺《めいし》をもらい、男の人と同等に仕事をしていると、この先もやっていけるという自信がつく。

嵩さんは柔和《にゅうわ》で、社内にすぐ馴染《なじ》んだ。暢が戦争未亡人だと知っても、態度を変えないのも好ましい。同情されるのは疲れるのだ。総一郎さんに死なれ、もちろん悲しいが、泣いているだけでは前に進めない。

あるとき嵩さんと仕事帰りに、屋台の焼き鳥で一杯《いっぱい》やったことがあった。編集長も一緒だったが、家庭で奥さんが待っていると言ってすぐに引き上げていき、二人になった。

嵩さんは下戸だから、ほんの一杯で酔《よ》っぱらう。

「なんで生き残ったんだろうな」

赤い顔をしてひとりごち、嵩さんはしゃくり上げた。

戦争で中国へ行っていたとは話に聞いていたが、そこで何があったのかは知らない。戦死した軍人仲間のことを思って泣いているのだろう。

総一郎さんも同じだった。召集される前は朗《ほが》らかな人だったのに、戻ってきてからは別人のように暗くなり、深酒することが増えた。半分はそれで命を縮《ちぢ》めたようなものだ。

さっきまで上機嫌《じょうきげん》で喋《しゃべ》っていた嵩さんは屋台に突《つ》っ伏《ぷ》し、べそべそ涙を流して泣いている。暢は痩せた背に手を当てて言った。

「そんなの決まってるじゃない。わたしと会うためよ」

屋台のおじさんが、ちらとこちらを見たが、嵩さんの返事はなかった。どういうことかと、回り込んで顔を見ると、泣きながら寝ている。

呆《あき》れて背中をつねっても起きないのだから鈍《にぶ》い人だ。屋台のおじさんまで苦笑いしている。やがて目を覚ました嵩さんは一人すっきりした顔をしていた。

嵩さんは暢を家まで送ってくれた。汽車がなくなるからいいというのに、女の人を一人で夜道を歩かせるわけにいかないという。

「じゃあ、また明日」

歩くうちに酔いが抜けたらしく、屋台で泣いたことも忘れた顔をしている。何となく腹が立ち、暢は言い放った。

「わからないわよ」

「ん？」

「明日また会えるかどうかなんて、誰《だれ》にもわからないってこと」

ぽかんとした嵩さんの顔の前で、

「お休みなさい」

にっこり笑って戸を閉めた。

三カ月後、編集部の四人で東京へ出張に行った。

国会議員への取材や高知出身の作家へのインタビュー、少しずつ息を吹き返してきた盛《さか》り場《ば》のルポを記事にまとめ、戦後の東京が今どうなっているのか、高知新聞の読者へ伝えようというものだ。

空襲で大きな被害を受けた東京駅は復興工事をしていた。編集長によると、一九四五（昭和二十）年五月二十五日の空襲によって屋根も内装も焼失した直後、東京駅は三階部分を残すだけの無残な姿だったというのに、急ピッチで工事が進んでいる。遠目に眺めるだけでも、工事現場の引き締まった雰囲気が感じられた。高知の駅前はまだ焼け跡が生々しく残っているというのに、こちらではもう復興が目の前に見えるようだ。

「すごいな……」

嵩さんは東京駅を眺め、何度もつぶやいた。新聞では突貫《とっかん》工事だと揶揄《やゆ》する向きもあるが、実際に来てみると復興への真剣さに圧倒《あっとう》される。

よほど感じ入ったのか駅周辺から動こうとせず、しまいには編集長に腕を引っ張られた。放っておいたら、一時間や二時間はあの場に留まっていたに違いない。

闇市《やみいち》の取材が終わると、編集長がみんなの顔を見渡した。

「ここで今晩の飯を調達して、おでんにするか」

「いいですねえ。ここで材料を仕入れれば安くつく」

最年少の品原《しなはら》さんが真っ先に賛成した。お酒が好きで、高知から東京へ向かう汽車の中でもするめを肴《さかな》に飲んでいたような人だけに、両手をこすり合わせている。

四人でおでん種を見繕《みつくろ》い、宿舎でささやかな慰労会《いろうかい》を開いた。

「やあ、ご苦労さま。おかげで読み応えのある記事になりそうだ」

予定通りにすべての取材を済ませた褒美《ほうび》にと、編集長が差し入れたお酒で盛り上がった。宿舎で借りた寸胴鍋《ずんどうなべ》いっぱいのおでんを囲み、なごやかにおでんを食べた。さすがに東京の闇市は何でも揃《そろ》っており、思いがけず豪華《ごうか》な食事となった。

「さすが小松さんは元人妻だけあって、料理がうまいね。竹輪《ちくわ》に味が染《し》みて、うまいよ」

酔っ払った編集長が言うと、

「そうそう。うちの女どもの雑な料理とは大違い」

姉が三人もいる品原さんは調子よく追従し、さっと竹輪へ箸《はし》を伸ばす。

嵩さんもよく食べた。下戸でお酒をほとんど飲まない代わりに、せっせとかまぼこを詰め込んでいる。

闇市では練り物をたくさん仕入れた。

竹輪につみれ、はんぺんにかまぼこといった、高知ではあまりお目にかからないものが珍《めずら》しいのか、男の人たちはここぞとばかりに食べている。

「小松さん、もっと食べなよ。竹輪がおいしいから」

編集長に勧められたが、暢は遠慮した。

「はんぺんもうまいなあ。いくらでも入るよ」

暢は彼らを横目に慎《つつ》ましく大根やじゃが芋《いも》を食べた。旺盛《おうせい》な食欲を見せる男の人たちに圧倒されたせいもあるが、それ以上に闇市で仕入れた食材に少しばかり臆《おく》しているせいだ。

大丈夫かしら。

闇市では残飯シチューなる食べものが大人気だと、今回の取材で聞いた。その名の通り、残飯を煮込《にこ》んでとろみをつけたものだという。中には豚肉《ぶたにく》や鳥の骨が入っていておいしいと闇市で売り子をしている若者は言い、「どうです、一杯」と椀《わん》を差し出されたが、暢は手が伸びなかった。

焼け出された人々にとって貴重な栄養源だとは重々承知だが、どんなものが入っているかわかったものではない。今回の練り物だって同じことだ。

「程々《ほどほど》にしてくださいね。疲れているところへ急にたくさん食べると、お腹を壊《こわ》しますよ」

一応忠告はしたのだが無駄だった。

がつがつおでんを平らげた男たち三人は、案の定、食中毒を起こしたのだ。若い品原さんがもっとも症状《しょうじょう》が重かった。旺盛な食欲に任せ、たくさん食べたせいだろう。

青い顔をしてトイレへ通う彼らを暢は看病した。

「すみません、迷惑《めいわく》かけて」

涙目《なみだめ》で横たわりつつ、嵩さんは呻《うめ》いた。

「いいのよ、これくらい。それに闇市の現状を自分の身をもって体験できたと思えば、良かったじゃない」

「はあ」

「何よ、情けない返事ね。記者なんだから、転んでもただで起きちゃ駄目よ。竹輪に当たって儲《もう》けもの、くらいに思わないと」

「……ですね」

「そうよ、その意気！」

嵩さんは二十代の若さですぐに回復し、暢を手伝って帰り支度を始めた。四人分の荷物をまとめ、宿舎で借りたリヤカーへ積んで駅へ運ぶ。病み上がりとはいえ、やはり男の人、嵩さんが手伝ってくれて助かった。

高知へ荷物を配送する手続きを済ませ、二人で肩を並べて宿舎まで歩いた。

焦土《しょうど》と化した東京の町はがらんとして広かった。背の高い建物が軒並《のきな》み空襲にやられたせいで、戦前より空が広く見える。

「見て。おいしそうな鰯雲《いわしぐも》」

指を差して教えると、嵩さんは素直に空を見上げた。東京駅の復興工事を見ていたときと同じ顔をしている。放っておいたら、いつまでもここで空を、町を眺めているだろう。この人は帰りたくないのだ。そう思った。

「良いつみれが作れそうじゃない？」

「やだな。勘弁《かんべん》してくださいよ」

食中毒の苦しみを思い出したのか、八の字眉をしょんぼりと垂れた嵩さんがおかしくて、暢は笑った。

「小松さんは声が綺麗ですね」

「そう？」

嵩さんは眩《まぶ》しそうに目を細め、こちらを見つめている。

「はい、とても」

この台詞《せりふ》を、暢は恋の告白と受け取った。

そうでなければ困る。暢はとある人に求婚《きゅうこん》されているのだ。

求婚してきたのは、例の集金で横柄《おうへい》な店主の店で出くわした人だ。

金を払わない店主に向かい、ショルダーバッグを投げつけて啖呵《たんか》を切った、暢の威《い》勢《せい》の良さに惹《ひ》かれたのだという。

変わった人もいるものだと思ったら、外国帰りらしい。

銀行員で、アメリカにある支店へ長く駐在《ちゅうざい》していたのだと聞いた。

「兄はすっかり暢さんに恋してしまって。どうかワイフになってほしいと申しております」

駐在先へ戻っていった本人の代わりに、妹さんが伝えにきた。了承《りょうしょう》してもらえるまで何度でもまいりますと、足しげく高知新聞社の編集部へ通ってくる。

あんまり熱心なものだから、そのうち周囲の噂になった。

「どう思う?」

仕事の帰り道、それとなく嵩さんに水を向けてみた。

ここは「断れ」と言うところよ。

念を込めて訊いたのに、

「さあ……」

相変わらず嵩さんは煮え切らない。

「一度しか会っていない人よ。いきなり求婚なんてされても困るわ」

やむなくこちらから相手を下げると、

「でも、良い人そうだよ。それに銀行の駐在員なんて高給取りじゃないか。結婚すればいいと思う」

あっそう。

嵩さんはこういう人だ。わかっていても腹が立つ。好きなら好きと素直に言えばいいのに、天邪鬼《あまのじゃく》なんだから。

どうしてくれよう。だったら結婚するわよ。集金に行ったときのように啖呵を切りたいところだが、悔しいことに暢は嵩さんが好きなのだ。

何とか状況《じょうきょう》を変えたいと作戦を練っていたある日、頃合いにドラマチックな状況が訪れた。二人で取材へ行った帰りに通り雨に降られ、一つの傘《かさ》に入ることになったのだ。

会社を出るとき、ひょっとして雨になるかもしれないと思いつつ、敢えて傘を持たずに出てきたのが奏功した。

嵩さんの差しかけた傘に入ると、腕と腕がくっつく。雨で冷えた体が徐々にぬくまるのが心地いい。嫌いな相手ならそっと離れるところ、暢は自ら腕を押し付けていった。それでも嵩さんは何も言わない。

じきに会社へ着いてしまう。もどかしさが焦《あせ》りに変わった。

次にいつこんな機会が訪れるとも知れない。今日もまた、あの人の妹さんが訪ねてきて、そろそろ答えを聞かせてほしいと迫《せま》られるかもしれない。

どうして何も言わないのよ。

告白するには絶好の機会なのに。暢は嵩さんの横顔を窺《うかが》いつつ、焦《じ》れた気持ちを持て余した。慎重《しんちょう》なのもいい加減にして。ちらちら視線を送っても、嵩さんは身を固くするばかりで煮え切らない。

もういい。わかったわよ。こうなったら片を付けましょう。

「わたし、柳瀬さんの赤ちゃんが産みたい」

これほど鈍い人には持って回った言い方をしても通じない。直球をぶつけるに限る。

「え？」

「言ってる意味、わかるわよね」

「……う、うん」

奥手の嵩さんもさすがに通じたようだ。慌てたように、傘を持っていないほうの手で暢を抱き寄せた。

こうして、ようやく嵩さんと恋人同士になった。


それからしばらくして、暢は高知新聞社を辞めた。

「わたし、東京へ行くわ」

仕事場で宣言すると、嵩さんは椅子からずっこけそうになった。

第四章　夢と現実

1

なんてこった。

嵩《たかし》は暢《のぶ》と二人で暮らすつもりで、アパートを探しはじめたところなのだ。まさか暢が高知を離れるつもりとは思わなかった。

女の人の気持ちはわからない。自分から告白してきたくせに、さっさと嵩を置いて一人で上京するなんて、暢はいったい何を考えているのだろう。

要するに、振られたのか？

暢が去った後、嵩は悶々《もんもん》と考えた。普通に考えればそう決まっているのだが、どうにも釈然《しゃくぜん》としない。

——じゃあ、またね！

高知駅まで見送ったとき、暢は晴れやかな顔で手を振った。嵩と別れる寂しさを微《み》塵《じん》も感じさせず、颯爽《さっそう》と発《た》った。

後に残されたのは編集部のメンバーも同じだ。

「最後まではちきんだったなあ。我々を置いて、さっさと行っちゃったよ」

編集長は苦笑《にがわら》いしていた。引き留めても、暢はまるで意に介さなかったようだ。

「嵐みたいな人でしたね。彼女みたいな気性だったら、東京にすぐ馴染《なじ》むだろうな」

若手記者の品原《しなはら》さんはうなずきつつ、ちらと同情の視線を寄こす。

嵩と暢が付き合っていたことは社内の人間なら誰でも知っている。エリート銀行マンを袖《そで》にしてまで選んだ嵩を、あっという間に捨てたことで、暢のはちきんぶりは高知新聞社の面々の間で噂されていた。

しばらくの間、嵩は周囲の同情を浴びつつ働いていた。編集長と品原さんが景気づけにと、飲みに連れ出してくれたりもした。とはいえ、下戸の嵩を肴《さかな》にさんざん飲んで、酔《よ》っ払《ぱら》った二人を介抱するだけの会だったが。ともあれ、心配してくれるのはありがたい。

いい仲間たちだ。このまま高知新聞社で世話になろう。

そんなことを殊勝《しゅしょう》に考え、せっせと仕事に精を出していたある日の早朝のこと——。

寝ていたら地震が起きた。

「タカちゃん、大変！　起きや！」

キミが奥座敷から飛び出してきた。

「いつまで寝ちゅーが。家の中におったら潰《つぶ》されるわ」

肩を揺《ゆ》さぶられる気配はしたが、目が開かない。十二月のことで朝といっても、まだ空は真っ暗だ。戦時下では四六時中、大砲の音が鳴り響き、その中で寝ていたせいか、少々ガタガタしても気にならないのだ。

「もう！　早う出てきやね」

夢うつつにキミの叱責《しっせき》を聞いたような気もするが、目が覚めたのは外が明るくなってからだった。

家の中は妙にしんとしていたが、台所を覗《のぞ》いて驚いた。醤油《しょうゆ》や酒といった瓶類《びんるい》が床に散乱していた。奥座敷では簞笥《たんす》が倒れ、中の着物が飛び出している。他の部屋も同様で家中のものが引っくり返っていた。

キミは裏の畑で布団にくるまり震《ふる》えていた。嵩の顔を見るなりため息をつく。

「ようよう起きたがかね。呑気《のんき》ねえ」

「お母さん、こんなところにいたのか。無事で良かった」

「タカちゃんこそ。家の中にいて怪我《けが》せざったかね。あれこれ倒れて、えらかったですろう」

「平気だよ」

「運がえいこと」

家を確かめると、瓦が何枚か落ちていたものの壁《かべ》も柱も無事だった。キミはさっそく片づけを始め、手伝おうとした嵩に言った。

「おにぎり作るき、それ持って早う会社へ行きや。こがな日は忙しゅうなるはずよ」

急いで身支度を整えて駅へ向かったが、汽車もバスも止まっている。やむなく歩いて新聞社に向かい、ようよう辿《たど》り着《つ》いたときには、もう地震の第一報が出ていた。発生直後に撮影したとおぼしき市内の惨状《さんじょう》が、余すところなく報道されている。

編集長と品原さんも来ていた。

「やあ、お家は何ともないかい？」

「はい。おかげさまで」

返事をしつつ、猛烈《もうれつ》に恥《は》ずかしくなった。二人とも地震が起きてすぐ、家を飛び出して会社に来たというのだ。昼近くになって到着したのは嵩一人だった。

一九四六（昭和二十一）年十二月二十一日に発生した南海地震は、マグニチュード八・〇の巨大地震だった。ニュースは日本を超えて世界中に発信され、大騒《おおさわ》ぎとなった。

高知は震度六だった。地震規模の割に建造物の被害や死者の数が少なかったのは、不幸中の幸いだった。

「大丈夫だった？」

その日、東京の暢から電話がきた。

「何ともなかったよ。母さんも無事だった。家も瓦《かわら》が何枚か落ちたくらいで済んだ」

「そう。それを聞いて安心したわ。会社の人たちも平気？　今日は早朝のうちから出勤で、大変だったでしょう」

「うん、まあ」

「何よ、元気がないわね」

「そんなことないよ」

「嘘《うそ》おっしゃい。当ててみましょうか。もしかして、寝坊したんじゃない？」

暢は鋭《するど》い。嵩が黙《だま》っていると、受話器の向こうで小さく笑っている。

「まあ、仕方ないわよ。人には向き不向きがあるんだもの。記者に向いていなかったとしても、どうってことないわ。適職につけばいいのよ」

「……ぼくにもあるかな」

嵩がぽろりと弱音を吐《は》くと、力強い言葉が返ってきた。

「当たり前でしょう。あなたは絶対に何者かになれるわ」

「何者って、どんな者だい」

「さあ？　それは自分で考えることよ」

その気にさせておいて、すぐに落とす。暢がただ優しいだけの女性ではないと思い出し、嵩は甘えようとした自分を反省した。

自分で考える。確かに暢の言う通りだ。

「じゃあ、またね」

上京するときと同じ台詞《せりふ》を残し、暢は電話を切った。相変わらず、あっさりしている。連絡をくれたのも、高知駅で見送って以来のことだ。

次の日、ふたたび歩いて会社まで行った。

汽車で通っていたときは見過ごしていたが、市内中心部には空襲《くうしゅう》で受けた傷痕《きずあと》がたくさん残っている。

早足で歩くうち、ふと取材旅行で暢と歩いた日のことを思い出した。あのときも同じことを思った。冬の空は澄《す》み切《き》っており、青々とのびやかだ。巨大な地震が起きたというのに、眺《なが》めていると胸が高鳴り、遠くまで駆《か》けていきたくなる。

「どうしたんだい、柳瀬くん」

ふと後ろから声をかけられた。振り向くと、編集長が笑っている。

「さっきから上を見ているけど、UFO《ユーフォー》でもいるかね」

「はい」

「まただ。上司をからかっちゃいかんよ。さあ、行こう。今日も忙しくなるぞ」

すみません。

嵩は内心で詫《わ》びた。ぼくも近々辞《や》めます。

今回の大地震で気づいたことが二つある。一つは、自分に記者は不向きということ。もう一つは、いつ何が起きるか誰にもわからないということだ。

東京へ行こう。

明日にも人生が終わるかもしれないのなら挑戦したい。好きな絵を描いて勝負してみたい。戦争で一度は封印《ふういん》した夢が、胸のうちで大きく膨《ふく》らみはじめた。


一九四七（昭和二十二）年六月。嵩は高知新聞社を辞め、身一つで上京した。

教えてもらった住所を頼りに訪ねると、腕《うで》に小さな子どもを抱えた暢が出てきた。

「どう？　似てるでしょう」

と、腕の中の子どもに顔を近づける。

「え？」

一瞬、頭が混乱した。

暢が未亡人だとは前から承知していたが、ひょっとして子どもがいたのか。

「馬鹿《ばか》ね。なに勘違《かんちが》いしてるの。ここの家の子よ」

ぽかんと口を開けた嵩を見て、暢がおかしそうに破顔した。

そういうことか。

暢は友人夫婦《ふうふ》の家に居候《いそうろう》していると聞いていた。代議士の秘書の給料ではとてもアパートを借りることはできず、一戸建ての六畳間《じょう》で居候をしている。そのお礼に暢は友人夫婦の三歳《さい》になる男の子の面倒《めんどう》を見ていたのだ。

あてがわれた六畳間は子ども部屋で、嵩は暢と毎晩川の字で眠った。小学生の頃、追手筋《おうてすじ》の家で母さんと祖母の鉄と三人暮らしをしていたときみたいだ。狭い部屋には慣れている。

小さい子も嫌いではない。

むしろ得意なほうだろう。耕太《こうた》という名の、その家の子どもは嵩に懐《なつ》いた。千尋が幼かった頃のように、とことこと後をついて歩く。

嵩が家にいると、耕太は機嫌《きげん》がいい。

忙《いそが》しい両親の代わりに遊び相手をしてやるからだ。

「ターシ」

小さな耕太は〝たかし〟とうまく発音できず、ターシと呼ぶ。

晴れた日には近くの公園まで散歩へ連れていくが、雨の日には家で絵を描《か》いてやる。耕太は嵩の絵が気に入り、そのうち晴れた日でも散歩よりお絵かきを好むようになった。

絵を描いてほしいときは、新聞のチラシと鉛筆《えんぴつ》を持ってくる。

「ん」

「なんだ。また描いてほしいのか」

耕太はこっくりと首を縦に振り、ずいとチラシを突き出す。

「よし、わかった」

嵩は東京で会社員になった。

東京田辺製薬《とうきょうたなべせいやく》時代の知人が立ち上げた、図案制作会社に雇《やと》ってもらったのだ。元々は東京田辺製薬に復職を打診《だしん》したのだが断られ、代わりに旧友が拾ってくれた。

社会党の代議士の秘書をしている暢は忙しく、あちこち飛び回ってしょっちゅう家を空けている。休みの日くらいはゆっくりさせてやりたく、嵩は率先《そっせん》して子守を引き受けた。

下の子が生まれたばかりで、耕太は赤ちゃん返りしていた。嵩が家にいるときはべったりくっついて離れない。

絵が好きで、嵩が鉛筆を走らせているさまを、真剣な面持《おもも》ちで眺めているのがいじらしい。嵩は膝《ひざ》に乗せてやった。

紫陽花《あじさい》の葉っぱの上に丸く大きな殻《から》を描くと、

「でんでんむしむし」

耕太は指を差し、片言で喋《しゃべ》る。

「当たり。すごいぞ」

「でーんでんむーしむし、かーたつむりー」

褒《ほ》められて気を良くした耕太は歌い出した。汗ばんだ頭を左右に振り、人差し指で拍子《ひょうし》をとる。

「おーまえのあーたまーはどーこにある」

嵩が合わせて歌うと、耕太の声は大きくなった。

「角出せ、槍《やり》出せ」

歌詞に合わせてカタツムリの頭に触角《しょっかく》をつけ、首を横長に描いて紙をアコーディオン状に畳《たた》み、

「頭出せー」

のくだりで紙を伸び縮《ちぢ》みさせてやると、耕太は身をよじって喜んだ。

歌が終わると、すかさず「もう一回!」のおねだり。何度やっても飽《あ》きることなく歌い、耕太が「頭出せー」に来るたび喉《のど》の奥まで見せて、きゃっきゃと笑うものだから、こちらもすっかり楽しくなってしまった。

そんなにカタツムリが好きならば、と余ったチラシを使い紙芝居《かみしばい》を作る。

戦時中にもさんざん作ったから慣れていた。大きな模造紙に絵を描き、中国福州《ふくしゅう》の農村地帯を回った。村人が大勢集まり、嵩の紙芝居を見て笑った。耕太に絵を描いているると、あのときの楽しかった気持ちを思い出す。

今日は紫陽花の森で暮らすカタツムリ一家の話を作った。

子どもたちが葉っぱのジャングルジムで遊んでいると、天敵の大カマキリに襲《おそ》われる。花の後ろへ逃げようとするが、背中の殻が引っかかり、末っ子は宙づりに。大カマキリは狙《ねら》いを定め、目を光らせて近づいてくる。

「ひゃあ」

母さんカタツムリは泣いて助けを乞《こ》うが、大カマキリには届かない。

――待ってろ！

父さんカタツムリは勇気を出して歯向かうが、鎌《かま》でなぎ倒され、紫陽花の葉っぱから転がり落ちる。

子どもカタツムリたちは泣くばかり。

――ヒヒヒ。

大カマキリが末っ子に近づき、鎌のついた前足を振り上げた。そのとき――。

「じゃーん」

嵩はさっと紙芝居をめくった。

「空からヒーローが飛んできて、大カマキリを捕《つか》まえた」

「鳥さん」

「そうだ、鳥さんだ。カタツムリを助けにきたんだ」

ぴゅう、と飛んできた鳥は、鋭いくちばしで大カマキリをくわえた。そのまま空の向こうへ飛んでいき、ぽとりと森の奥に落っことす。哀《あわ》れ大カマキリは「わああ」と叫《さけ》び、地面の上で伸びたとさ。

「めでたし、めでたし」

「やったー」

耕太は甲高《かんだか》い声を上げ、目を回している大カマキリをペしペし叩《たた》く。

「こら、そんなにいじめるな。カタツムリの子は助かったんだんだから、許してやれよ」

嵩が諭《さと》すと、耕太は不服そうに口を尖《とが》らせる。

「なんで。悪い敵はやっつけるんだ」

反抗《はんこう》してチラシの大カマキリをさらに叩き、それでも足りずに嵩の手から鉛筆を奪《うば》って、ぐずぐずと黒く塗《ぬ》りつぶす。

「へっへー」

大カマキリをやっつけた耕太は、満足気に両手を振り回した。チラシを足で踏《ふ》みつけ、ぽいと屑箱《くずばこ》へ放る。

何て奴《やつ》だ。

そこまでしなくていいだろうに。嵩には大カマキリを殺す気はなかった。紫陽花の森から遠く離れたところで鳥にぽとりと落とされて終わるつもりだったのに、耕太ときたら情け容赦《ようしゃ》ない。

まあ、もとより子どもは残酷《ざんこく》で、嵩自身もそうだった。後免町《ごめんちょう》では千尋と二人でカエルを追いかけ、つつき回して遊んでいたのだが、やはりモヤモヤする。

紙芝居の中くらい平和を貫《つらぬ》きたいと思うのだ。

戦時中、嵩が作ったのは中国と日本が双子《ふたご》の兄弟という設定の物語だ。互いにその事実を知らず、敵と味方に分かれて戦うのだが、相手を殴《なぐ》るとなぜか自分も痛くなる。反対にこちらが殴られると、相手も痛がっているようだ。やがて二人は自分たちが兄弟だったと知り、戦うのを止めて仲良くなる。そういう話だ。

福州の村人には受けたのだが、話としては甘《あま》いかもしれない。

だとしても殺したくなかった。死んだら終わりだ。

戦争が終わってから、あれは間違いだったと訂正《ていせい》しても遅いのだ。人の命は戻らない。

「ターシ？」

嵩が急に黙り込んで不安になったのか、耕太が顔を覗《のぞ》き込《こ》んだ。

黒々としたまなこをこちらへ向け、一丁前に眉《まゆ》を寄せている。嵩は屑箱からチラシを拾い上げ、丁寧《ていねい》に皺《しわ》を伸ばした。ついでにもう一枚、大カマキリが起き上がり、巣に帰っていく絵を描いた。

「お父さん？」

耕太が巣を指さす。

そう。巣にはお母さんカマキリと小さなカマキリが待っていた。大カマキリが無事に戻ったのを見て喜んでいる。耕太も同じ顔をしていた。

可愛《かわい》いもんだな。

紙芝居で大カマキリが襲ってくる場面では恐怖《きょうふ》でぎゅっと目をつぶり、救世主の鳥があらわれ末っ子カタツムリが助かると、ほうっと安堵《あんど》の息をつく。それでいて、敵だからと屑箱に放った大カマキリが、無事に家族のもとへ帰ったと知れば、カタツムリのときと同じ顔を見せる。目の前でくるくると変わる表情は、いつまで眺めていても飽きない。

「仲良しねえ」

紙芝居の後、くたびれて一緒《いっしょ》に昼寝をしたら夜になり、仕事から戻った暢が呆《あき》れた。

しばらくして、新しい仕事を見つけた。

暢と正式な夫婦になるためにも、自分たちの城を持ちたい。

戦後のインフレで物価は天井知《てんじょうし》らずに上がり続けている。一九四五（昭和二十）年八月に戦争が終わった。この年の物価を基準とすると、今のインフレ率は一二五パーセント、すなわち二・二五倍も値段が上昇《じょうしょう》している。

御多分《ごたぶん》に漏《も》れず、嵩と暢の暮らしも苦しかった。二人の給料を合わせないと、食べていけない。

それでも町は復興に向けて動いていた。

十月、日本橋三越《みつこし》が営業を再開し、宣伝部員を募集《ぼしゅう》しているという広告を見つけた。これだ。

同じ宣伝の仕事でも、箱は大きいほうがいい。

果たして嵩は入社試験に合格し、三越で宣伝部員として働くことが決まった。

「暢ちゃん、結婚《けっこん》しようよ」

遅ればせながらプロポーズして正式な夫婦になり、中目黒でアパートを見つけた。

居候時代と同じ六畳一間で、トイレは共同、風呂《ふろ》なし。

階段は踏むたびキイキイと鳴り、トイレの屋根は雨漏《あまも》りがする。キミが見たら腰《こし》をぬかしそうな粗末《そまつ》な住まいに、暢と二人で「お化けアパート」とあだ名をつけた。

「ばいばい、ターシ」

耕太に見送られ、嵩は暢と二人で新居へ引っ越した。結婚式《けっこんしき》も新婚《しんこん》旅行もない。けれど、夢だけは大きい嵩と暢の結婚生活が始まった。

2

タカちゃん。

元気にしとるかね。わたしは相変わらずじゃき、何の心配もせんで良かよ。

立派な贈り物をありがとう。タカちゃんがデザインした三越の包装紙と一緒に、仏壇《ぶつだん》へお供えしました。

モダンな柄《がら》で、後免町のみんなも驚いちょります。

さすが大学で図案を学んだだけのことはあると、近所でも評判で、母さんは鼻高々や。親孝行してくれて感謝、感謝。少しだけど、お米を送っておいちゃき、暢さんと二人で食べてね。新米じゃき、水は少なめでえいがよ。まあ、暢さんなら、言われんでも知っちょる思うけんど、年寄りのお節介《せっかい》と思って聞き流しとうせ。

では、元気で。一日も早う孫の顔を見せてな。

後免町の伯母《おば》キミは、嵩が日本橋三越へ就職したと聞いて、大いに安心したようだった。高知新聞社を辞め、上京すると言ったときには憮然《ぶぜん》としていた。せっかく良い会社へ入ったのに勿体《もったい》ないと反対し、親子喧嘩《げんか》もした。

亡《な》き伯父《おじ》の寛《ひろし》は地元の開業医だった。その妻として後免町に根を下ろしているキミには、嵩が風来坊《ふうらいぼう》にしか見えないのだろう。

千尋を戦争で亡くし、心細いせいもあるとは思う。柳瀬医院を畳んだ後、キミは所有する幾《いく》ばくかの土地の地代と貯金で暮らしており、生活に不安はなかった。自分の老後の世話のために嵩を手元に置いておきたい、と我を張るような人でもない。

反対したのは、純粋《じゅんすい》に子の将来を案じたせいだ。

実父に早く死なれて以降、実母との生き別れも経験し、何かといじけがちだった嵩が東京でやっていけるか、単純に心配だったのだろう。

日本橋三越は田舎《いなか》にも名が轟《とどろ》いている。キミは嵩が宣伝部で職を得たと手紙で知らせると、すぐさま歓喜《かんき》の返事を寄こした。

とはいえ、今の三越が戦前の栄光をほとんど留めておらず、店舗《てんぽ》の間仕切りはベニヤ板で、並んでいるのも梅干しや魚の干物《ひもの》といった品々で、新橋駅前の闇市《やみいち》のほうが栄えていることは内緒《ないしょ》だ。息子思いのキミによけいな煩《わずら》いを与えることはない。

まあ、すぐに復興するさ。

日本橋三越に限らず、東京の町は華《はな》やかさを徐々に取り戻している。

いつまでも戦争を引きずっていられない。その一心で人々が前を向いているのを肌《はだ》で感じる。嵩もその一人だ。

一九五〇（昭和二十五）年、三越はクリスマス用に包装紙を新しく作った。

クリスマスといえば、一年でもっとも百貨店が華やぐ季節だ。そのためにお金をかけて、特別な包装紙を用意することになった。

キミは嵩がデザインしたと思い違いしているが、実際にデザインしたのは猪熊弦一郎《いのくまげんいちろう》という人気画家だ。

あの猪熊弦一郎が三越のために包装紙を作る。

猪熊弦一郎は帝展《ていてん》で入選や特選を果たしている実力派で、戦前に新制作派協会という美術団体を立ち上げている。フランスにも留学経験があり、アンリ・マティスに影響《えいきょう》を受け、色鮮《いろあざ》やかで華のある洋画を描く人で、以前より絵を描く人の間では知られている。

三越が猪熊へ新デザインを頼むのも納得《なっとく》だ。これからの三越が百花繚乱《ひゃっかりょうらん》、戦前の輝きを取り戻し、さらに咲《さ》き誇《ほこ》っていけるよう期待を込めているのだろう。

嵩は率先して、田園調布にある猪熊のアトリエにデザイン画を取りにいった。

「やあ、お待たせ」

たっぷり陽の注ぐアトリエで待っていると、猪熊は悠々《ゆうゆう》とあらわれた。

田園調布へ向かう汽車の中で、訊《き》いてみたいことを考えていたのに、いざ本人を目の前にすると何も言えなくなる。

「はい、これ」

手渡されたのは白い模造紙だった。そこへ丸みを帯びた楕円形《だえんけい》の赤の色紙をいくつか並べ、テープで仮留めしてある。

「……ありがとうございます」

何だ、これだけか。

不遜《ふそん》なことに、内心拍子《ひょうし》抜《ぬ》けした。

「レタリングはしてないよ。社名なんだし、そっちで書いたほうがいいよ。場所は指定しておいたから」

「はあ」

まいったな。

今をときめく猪熊弦一郎だ、もっとずっと華やかなものが出てくると思いきや、子どものお絵かきみたいなデザイン画を渡された。これを持って帰ったら、上司は困るのではないか。デザインを再考するよう頭を下げてこいと言われるかもしれない。

だったら、今この場で頼んでみようか。いや、そんな勇気はない。さて、いかがしたものだろう。

「あ、そうだ」

苦しい嵩の胸中も知らずに、猪熊が膝を叩く。

「そのデザイン、タイトルは『華ひらく』だよ。まあ、石を並べて作ったんだけど」

「はあ」

石?

「じゃあ、よろしく」

白地に赤い楕円の切り抜きを並べただけのデザインの良さが、嵩には理解できなかった。どうにも殺風景な気がする。猪熊に言われた通り、指定場所へ「Mitsukoshi」と四苦八苦して自分なりに「これだ」という字体でレタリングしたものの、それが功を奏して良いものになったと胸を張って言える自信はない。

「うーん……」

重役たちの反応も同じだった。

会議室で難しい顔を並べ、どうしたものかと唸《うな》っている。だろ?

デザインが抽象的《ちゅうしょうてき》過ぎるのだ。『華ひらく』がタイトルだというが、ぱっと見た感じでは、本人の言った通り石を並べた紙としか思えない。

とはいえ、著名な画家のセンスに異を唱えられるほど、美術の造詣《ぞうけい》が深い者がいるわけでなし。結局、そのまま猪熊のデザインを受け入れ、包装紙を作ることになった。

どうしたものかな。

猪熊は一九四八（昭和二十三）年より『小説新潮』で表紙絵を描いているが、雑誌と百貨店では対象が違う。どうせ頼むなら、もっと大衆に寄り添うデザインをする人にしておくべきだったのかもしれない。

しかし、心配は杞憂《きゆう》に終わった。できあがった包装紙で贈り物を包んだ途端《とたん》、嵩は猪熊の意図を理解した。

「おお」

つい声が出てしまった。

まさに、華ひらく。

紙の状態ではよくわからなかったが、いざプレゼントを包むと、白地に赤のモチーフが鮮やかに立ち上がった。

すごいな。

シンプルで、なおかつ斬新《ざんしん》。石を並べて考えたという、赤い楕円が花に見えてくる。拍子抜けした挙句、余計な心配をしたことが恥ずかしくなった。猪熊はちゃんと初めから、贈り物が引き立つよう計算してデザインしたのだ。

包装紙は商品を包むためのもの。中身より目立つ奇抜《きばつ》なデザインではいけない。一方で、商品を買ってくれたお客様が胸をときめかす、これぞ三越という華が欲しい。猪熊のデザインはその両方の条件を満たしていた。元々クリスマスプレゼント用に作られた包装紙は評判となり、翌年から三越で常時使用されるようになった。

この成功は宣伝部の手柄《てがら》となった。社内でも『華ひらく』は好評で、嵩までお褒めに与《あずか》った。が、社内の盛り上がりと裏腹に、嵩は消沈《しょうちん》していた。

あの人は天才だ。

今さらながら思い知らされる。

焼け跡の残る東京には、白と赤の包装紙はよく目立った。お客さんが手にしているだけで宣伝になる。社員一同、感謝した。猪熊は戦後のくすんだ町並みに夢のような花を咲かせ、三越の復活を世に知らしめたのだ。

嵩は社割で純毛のセーターを買い、後免町のキミへクリスマスに贈った。田舎で一人暮らしする育ての母が笑顔になってくれればいい、との気持ちだった。そこへ包装紙の文字をレタリングしたのは自分だと、わざわざ手紙に書き添えたのは嵩の見栄《みえ》だ。猪熊の指示に従って描いただけだが、デザインの一部になったのは事実なのだから嘘ではない。しかし。

デザイナーになるのは無理だな。

包装紙の一件で嵩は思い知った。

自分ではあんなデザインはできない。それ以前に見る目もない。猪熊のデザイン画を手にして、その凄《すご》さがわからないようでは見込みがない。

かつて伯父の寛に言われたことを思い出す。

――田舎でちょっと絵がうまいくらいじゃ、食っていけない。

その通りだった。

絵を描くのを仕事にするなんて、生半可《なまはんか》な腕前では無理だ。

デザイナーか漫画家《まんがか》になりたいと夢を見て、三越を足掛かりにしようと考えていたことがいかに無謀《むぼう》だったか。

確かに嵩は宣伝部でポスターを描いている。店の看板に二百号サイズの絵を描くこともある。自分ではいっぱしのクリエイターのつもりでいたが、所詮《しょせん》会社員だ。猪熊のように名指しで仕事がくる本物のクリエイターとは住む世界が違う。

クリスマスが終わると、三越はお正月商戦一色となる。

明日からは嵩が描いた新巻鮭《あらまきざけ》のポスターが店内に貼《は》られる。

自分でも上出来だと思っていたが、正月が終わればさっさと剝《は》がされる。

売れ残ったクリスマスのご馳走《ちそう》を買ってお化けアパートに帰ると、暢は手を叩いて喜んだ。蠟燭《ろうそく》に火を灯《とも》し、有り合わせの皿にコールドミートやチーズを盛り付け、乾杯《かんぱい》する。

「ごめんよ。母さんのセーターで小遣《こづか》いをはたいちゃって」

嵩が暢に送ったのは毛糸の靴下《くつした》だった。

「いいのよ。冷え性だから嬉《うれ》しい。大事に履《は》くわね。——これが新しい包装紙？」

「うん、そうだよ」

「素敵《すてき》。お花模様なのね」

暢は一目でデザインの意図を解した。よほど気に入ったのか、包装紙は捨てずに本のカバーを作るという。

「この社名のロゴが可愛いわ。これがあるから、全体のデザインが引き立ってる。嵩さん、いい仕事をしたわね」

「ぼくのレタリングはおまけだよ」

「謙遜《けんそん》しなくてもいいじゃない。このレタリングも含めてデザインでしょう。お世辞じゃないわよ」

「わかってるさ」

子どもがいないからか、一緒に暮らして三年が経っても、暢とは恋人《こいびと》同士みたいな関係が続いていた。寒々しい六畳間には、平和な時間が流れていた。

これを幸せな暮らしというのだろう。不満を言えば罰《ばち》が当たる。

でも、ぼくは――。

絵を描くことを仕事にしたい。プロになりたい。

天才との差を目の当《ま》たりにしても、どうしても諦《あきら》められない。

「あ、雪だ」

どうも寒いと思ったら、降ってきた。暢と二人で西向きの窓に顔をくっつけ、闇夜《やみよ》を舞《ま》い落《お》ちる白いかけらを眺めた。

後免町にも雪が降っているだろうか。遠い故郷に残してきたキミの顔が浮かぶ。

――タカちゃん、頑張《がんば》ってね。

キミが手を合わせ、仏壇に祈っていると思うと、申し訳ない気になった。

今の嵩は三越の社員の地位に安住して、クリエイター気分を味わっているだけだ。怠《なま》けていないで、もっと頑張らなくては。天才におののいて萎縮《いしゅく》しているようでは
プロになるのは夢のまた夢だ。

昼間は日本橋三越の宣伝部で働き、平日の夜と休みの日に漫画を描いている。

古道具屋から文机《ふづくえ》を買ってきて六畳一間に置き、暇《ひま》さえあればそこに向かっているうちに、投稿《とうこう》で入選するようになり、「独立漫画派」に誘《さそ》われて一員に加わった。

「独立漫画派」は、一九二八年生まれの小島功《こじまこお》が、当時、新聞漫画の発表の場を独占《どくせん》

していた既存《きそん》の「漫画集団」に対抗《たいこう》して立ち上げた、若手漫画家の集まりだ。

代表の小島は嵩の九つ年下。そんな青年がプロとして漫画家の団体を率いているのだ。歳の差に引け目を感じるものの、声をかけてもらったことは嬉しかった。

銀座二丁目に事務所があり、集団に属する若手漫画家が出入りしている。そこではいつも活発な議論がなされていた。

新聞紙上は「漫画集団」が独占しており、「独立漫画派」にはカストリ雑誌しか発表の場がない現状にみな焦《じ》れていた。小島功はこれに業《ごう》を煮《に》やし、仲間と協力して機関誌『新漫画』を発行し、自分たちの新たな発表の場としていた。

事務所で仲間と話していると、どこまでも夢がふくらむ。

「柳瀬さんも、そろそろプロになる日が近そうだね」

入選の常連だけに、仲間にそう言われることも多かった。

プロになって活躍している己の姿を頭に思い浮かべることもできる。が、事務所を出ると、途端に不安になる。もちろん、そう信じて昼間は会社員、夜は投稿漫画を描く二足の草鞋《わらじ》を続けているのだが。

近所の風呂屋《ふろや》から戻り、六畳間に布団《ふとん》を敷《し》いた。灯《あか》りを消すと、カーテンの隙間《すきま》から雪明かりが差し込んでくる。

仕事で疲れているはずなのに中々寝付けなかった。さっきから羊を数えているのに埒《らち》が明かない。

「眠れないの？」

暢が気づいて声をかけてきた。

「ちょっと羊がね」

「何の話よ」

くすりと笑ってから、暢がするりと布団にもぐりこんできた。

「早く寝てくれないとサンタさんが困るわ」

「そっちこそ何の話だよ」

「いいから早く。続きは夢の中で聞いてあげる」

言うなり、暢はすぐに寝息を立て始めた。羨《うらや》ましいほどの寝つきの良さだ。苦笑いして目を閉じた。じりじりと胸を焦《こ》がす焦《あせ》りのせいで目が冴《さ》えているが、羊の代わりに呑気な暢の寝息を数えているうちにようやく眠気が差してきた。

願いをかなえるには、やり続けるほかにない。考えるまでもなく結論は一つだ。大《だい》丈夫《じょうぶ》。そのことに迷いはない。

もうじき年が明ける。

二月の誕生日がくれば、嵩は三十二になる。

3

暢は窓際《まどぎわ》に干した洗濯物《せんたくもの》を取り込んでいた。

今日はシャツも肌着もよく乾《かわ》いた。風はまだ冷たいが、通りの向こうの庭の黄水仙《きずいせん》の蕾《つぼみ》は日ごとに膨らんできている。ひょっとすると明日か明後日には咲くかもしれない。今度奥さんと顔を合わせたら、一本分けてもらえないか頼んでみよう。

そう思いながら窓を閉めると、嵩さんが帰ってきた。

「ただいま」

手に日本橋「榮太樓總本鋪《えいたろうそうほんぽ》」の菓子折《かしお》りを掲《かか》げてみせる。

「黒豆大福。仕事帰りに買ってきた」

「嬉しい。夕ご飯前だけど、お茶にしましょうか」

「うん」

何かあったのね。

榮太樓の黒豆大福は暢の好物だ。きんつばも然《しか》り。

趣味《しゅみ》で始めた茶道《さどう》の主菓子にするため、日本橋まで買いにいくことも多い。嵩さんもそのことを知っているが、これまでほとんど買ってきた試しがない。漫画を描くのに忙しくて、ちょっとした寄り道をする時間も惜《お》しいのだ。浮気《うわき》。

この人に限って、とは誰にも言えないのが男女のこと。人におしどり夫婦と言われようと、間違いが起きるときは起きる。

茶の間で向き合うと、果たして嵩さんは頭を下げた。

「会社を辞めようと思う」

「ふうん」

「ごめん。今まで黙ってて」

「何かあったの？　ひょっとして、暮れの騒ぎで嫌《いや》な目に遭《あ》ったとか」

去年の十二月、日本橋三越でストライキが起こった。

賃金交渉《こうしょう》で会社と決裂《けつれつ》し、労働組合の幹部が解雇《かいこ》されたのが原因で、従業員側が一斉蜂起《いっせいほうき》したのだ。四十八時間のストライキをしたことは暢も承知している。会社側やプロの活動家がなだれ込んできて、収拾のつかない騒ぎになり、最終的に労使和解に至ったが、嵩さんには釈然としない思いが残ったらしい。

「ストライキのことはもういいんだ。済んだことだし。でも、うんざりした。ぼくは立場で見方が変わる正義は嫌いなんだ」

「いいじゃない。辞めなさいよ」

薄茶《うすちゃ》でも点《た》てたいところだが、まずは話を聞くのが先だろう。暢は番茶を淹《い》れ、嵩さんに勧めた。

「せっかく買ってきたんだもの。食べたら？」

黒豆大福の皿を前に出し、自分が先に頬張《ほおば》る。

「ああ、おいしい。ちょっぴり塩の利いた餡《あん》が絶妙だわ」

嵩さんが釣《つ》られて大福へ手を伸ばした。

「いいのかな」

「お大福のこと？　いいわよ、二つ食べても」

「違うよ。そうじゃなくて——」

ふふ、と暢は笑い、湯気を吹いて番茶を口に含んだ。

自分から言い出したくせに、嵩さんは不安そうな顔で口を動かしている。そんなことではろくに味もわからないだろう。せっかくの黒豆大福が勿体ない。

「会社を辞めて漫画家に専念したいんでしょう？」

「……うん」

「なあに、煮え切らないのね」

迷うのは、自分の立ち位置が不安なせいだろう。

今はまだ、プロ漫画家と胸を張って言えないのだ。「独立漫画派」から振り分けてもらう仕事はあるが、他からの依頼のないセミプロだ。そんな調子で漫画を職業にできるのかと、迷っているのだ。

「ああ、おいしかった。いつもながら榮太樓さんの黒豆大福は歯切れがいいわね。さすが、せっかちな江戸っ子向けに作っただけのことはあるわ」

さっと舌の上で溶けて口に残らない。でも味を忘れるわけではない。餅《もち》も餡子《あんこ》もしっかと身になる。会社との縁《えん》もそれでいいと思うのだ。大変お世話になりました、と仁義を果たし、新たな道へ飛び立てばいい。

暢は箪笥から貯金通帳を出してきた。

「ほら見て。こんなに貯《た》まってる」

一九四七（昭和二十二）年より六年間、こつこつ働き小さな家なら建てられるくらいの貯金ができていた。三越のおかげだ。ありがたく感謝して、夫婦の今後のために役立てさせてもらおう。

誰だって、一人前になるまでは半人前。それを恐《おそ》れていたら、いつまで経っても羽ばたけない。

「いざとなったら、わたしが食べさせてあげるから。思い切ってやってみなさいよ」

「――いいの？」

「もちろん。いつになったら言い出すかと思ってたわ。大丈夫、何とかなるまでやればいいのよ」

暢のひと押しが決め手となり、嵩さんは三越を退職することにした。

一九五三（昭和二十八）年三月、このとき三十四歳。嵩さんはいよいよ漫画家としての一歩を踏み出すことになるのだが——。

思えば暢も若かった。

一つ年上女房《にょうぼう》の暢は三十五。夫の夢が叶《かな》うまでの道のりが、頭で思うよりずっと長く険しいとは予想していなかった。

4

一九五八（昭和三十三）年五月。

アトリエの窓から外を眺め、嵩はあくびをした。

春だからか、どうも眠くてたまらない。

今日も電話は一本も鳴らない。せっかく高い権利料を払って引いたのに、これでは宝の持ち腐《ぐさ》れだ。

覚悟はしていたつもりだが、いざ三越を辞めてみると暇だった。

会社勤めの癖《くせ》で朝は早く目が覚めるものの、頼まれ仕事を済ませた後はこれといってすることがない。「独立漫画派」から移った「漫画集団」から細々と仕事を回してもらっているものの、どうにも人気が出ず、ぱっとしない。

「ふわーあ」

これで三度目。

もう一度、電話を見る。

ひょっとして故障しているのじゃなかろうな。

じろりと横目で睨《にら》んでも、やはり鳴らない。そんなものだ。電話を恨《うら》むのは筋違《すじちが》い。恨むなら、いつまで経っても人気の出ない、不甲斐《ふがい》ない己《おのれ》だろう。

独立して数年、どうにかこうにか食べてはいるものの現実は厳しかった。

本名の柳瀬嵩を平仮名にした「やなせたかし」の筆名で、プロの漫画家を名乗るようになったものの、世間の認知度《にんちど》はゼロに限りなく近く、仕事は「漫画集団」から割り振られるものだけ。

こんなはずじゃなかった。

今頃は大人気の漫画家になり、女優と仲良くなっているはずだった。高知出身の横《よこ》山隆一《やまりゅういち》みたいに。それがどうだ。女優どころか、腹を割って話せる漫画家仲間もいない。

ニッポンビール（現・サッポロビール）の広告漫画『ビールの王さま』でデビュー

を飾《かざ》ったところまでは好調だったが、その先が続かない。「漫画集団」に属していなければ、たちまち干《ひ》上《あ》がるのが必定《ひつじょう》。

いったい他の同業者はどうやって仕事を取っているのだろう。知りたいとは思うが同業の仲間には訊けなかった。

「どうして？　訊けばいいじゃない。きっと教えてくれるわよ」

アトリエに顔を出した暢は一通り話を聞くと、不思議そうに首を傾《かし》げた。

「格好悪いじゃないか。そんなことを訊いたら、まるで仕事がなくて困ってるみたいだ」

「困ってないの？」

「困ってるさ」

「だったら素直に頼めばいいわ。あなたの周りにいる人たち、みんな親切じゃない」

わかっている。

自分でも甘いと百も承知だが、これればかりは性分だから仕方ない。

自分には才能がないと認めたくないだけだ。

横山隆一のような売れっ子は別格としても、女性を描《えが》かせたら天下一品の小島功や、彼を取り巻く「独立漫画派」の若手漫画家とも比べ物にならない。彼らに訊くまでもなく答えは明らか。要するに下手なのがいけないのだ。もっとうまければ、仕事は向こうからやって来る。きっと。

結論が出た。力をつけろ。その一択《たく》だ。

とはいえ、画才は一朝一夕《いっちょういっせき》で伸びるものではない。

漫画家としてやっていくには、それを補う別の才能が必要だ。

キャラクターか、ストーリーテリング。そのいずれか、いや両方を磨《みが》いて己の武器にしなければならない。そこまで承知しているのだから、同業の仲間を頼っても無意味だ。むろん、頼めば仕事を回してくれるだろう。それでは嫌だ。嵩は自分の力で仕事を取りたい。ならば、分相応にやっていくしかない。

辛抱《しんぼう》だな。

「柳瀬家は武士なんだ」

「あなた、お医者さんの子でしょう」

苦《くる》し紛《まぎ》れの方便に、暢がキョトンとする。

「元を辿れば武士なんだ。武士は食わねど高楊枝《たかようじ》、って奴だよ」

「痩《や》せ我慢《がまん》するのは結構だけど、ゼロにどんな数字をかけてもゼロなの。小学校で習ったでしょう？」

「……掛け算を習うのは中学校だけど」

「おだまり」

暢はアトリエを出ていったが、しばらくすると舞い戻ってきた。

「今度は何だい？」

「電話よ」

「誰から？」

「宮城《みやぎ》まり子《こ》さん」

「ええっ」

「驚くのは後にして、早く出て。お待たせしたら失礼よ」

それを先に言ってくれよ。

目を剥《む》いてみせると、暢はふふん、といたずらっぽく肩《かた》をすくめてみせた。

果たして、本物の宮城まり子だった。

「もしもし、まり子です。お願いしたいことがあるの」

と、テレビと同じ声が言う。

「車を回すから、うちへ来てくださいな」

東宝のミュージカルスターが、無名の漫画家にお願いしたいこととは何だ？　さっぱり予想がつかないが、ともかく車に乗って嵩は出かけた。

到着《とうちゃく》すると、宮城は素朴《そぼく》な食事を用意して待っていた。

かき卵《たまご》に塩鮭《しおざけ》、ご飯にたくわんといった、友だちの家の昼ご飯に呼ばれたようなもので、向かい合わせで食べているうちに緊張もほぐれてきた。

「わたし、今度リサイタルやるの。その構成をやってくれる？」

「ぼくが？」

いやいや。

「無理ですよ」

「そう言わずにやってちょうだいよ。友だちやない。歌とダンスを入れて、何かストーリーでつないでくれればいいだけ。簡単でしょう？」

簡単なわけがあるかと思いつつ、嵩は引き受けた。

友だち、って。

スターは一般人と感覚が違う。確かに一度、顔を合わせたことはある。宮城が東宝ミュージカルに出たとき、頼まれ仕事で似顔絵付きのインタビューをした。

相手はスター。名刺は渡したものの、楽屋を出た途端にポイだと思っていた。ところが、まあ、こんないきさつになるとは。漫画家のぼくがなぜ、という疑問はひとまず脇へ置き、嵩は試行錯誤《しこうさくご》してリサイタルの構成を作り上げた。

どことなく少女らしさを残した宮城の印象をもとに、『不思議の国のアリス』をモチーフにしたショートミュージカルを作った。紙芝居の要領で絵コンテを切り、宮城を主役に物語仕立てでヒットソングを歌う流れにしたのだ。

素人《しろうと》ながら、周囲の協力もあって宮城のリサイタルは成功した。

「ありがとう！」

パニエで膨らませたドレスを着た宮城と並び、肩を寄せ合い記念写真を撮ったとき、ふと嵩は思った。

これ、横山隆一みたいだ。

ほんの少し前まで、電話の鳴らない自宅で妻相手にぼやいていたのに。

東宝ミュージカル女優と記念写真に納まっている。嵩はその後も何度か宮城のステージに呼ばれた。構成の次には司会を頼まれ、お客さんの前に立ったこともある。詩も書いた。何だかんだと付き合いは続き、嵩は宮城と友だちになったのだった。


一九五八（昭和三十三）年にはこんなこともあった。

「あなた、お客さん」

暢に言われて出ていくと、応接間に永六輔《えいろくすけ》が畏《かしこ》まって座っていた。

大阪でミュージカルをやるから舞台《ぶたい》美術をしてほしいという、これまた突拍子《とっぴょうし》もない依頼だった。

「来週スタッフ会議があるので出てくださいね」

宮城まり子と同様、永六輔も強引《ごういん》だった。

初対面だというのに、ぐいぐい話を進めていく。若手で勢いのある放送作家だとは、嵩も噂《うわさ》に聞いて知っていた。面識もない漫画家のもとを訪れ、臆面《おくめん》もなく頼み事ができるのは、自分に自信がある証《あかし》だろう。圧倒されて了承《りょうしょう》し、嵩は舞台装置の製作を引き受けた。

このときは三越の宣伝部でしてきたことが大いに役に立った。ポスターはもちろん、二百号サイズの看板に絵を描いた経験があればこそ、大きな舞台装置を作ることができた。ホールに隣接《りんせつ》するグランドホテルに泊まり込み、連日汗《あせ》にまみれ、とうとう上半身裸《はだか》になって仕上げた自分の作品を舞台で見たときには、大袈裟《おおげさ》ではなく感無量だった。

一九六〇（昭和三十五）年の夏、大阪フェスティバルホールで幕が上がった。ミュージカルのタイトルは『見上げてごらん夜の星を』。

定時制高校に通う若者たちの物語だ。

地方から集団就職してきた若者は「金の卵」と呼ばれていた。昼間は働き、夜は定時制高校に通う苦学生でもある。主人公の若者と心を通わせるユミコは全日制の高校生。二人は同じ机を通じて交流を深め、やがて互《たが》いの環境の違いを超え、前を向いて歩いていく。

関係者席で初演を観劇したとき、嵩の頬を滂沱《ぼうだ》の涙《なみだ》が伝った。

「素晴《すば》らしかったわ」

大阪までミュージカルを見にきた暢も泣いていた。

「うん。素晴らしかった。永六輔はすごいな」

「あなたの装置も大したものよ」

「永六輔の話に合わせて作っただけだ。すごいのはぼくじゃなくて永六輔だよ。それに加えて役者の力もすごい。後は曲。いずみたくは天才だな。あの曲は間違いなく売れるよ」

謙遜ではなかった。

このミュージカルが成功したのは、永六輔やいずみたく等、天才たちの力ゆえ。嵩の尽力《じんりょく》など微々《びび》たるものだ。

どうして永六輔が自分なんかに声をかけてきたのか、いまだ首を傾《かし》げているほど。まあ、でもこの場に立ち会えたのは光栄だ。そう自分を納得させてうなずいていると、

「馬鹿」

暢は涙声で言い、嵩の腕をつねった。

「痛っ」

「当たり前よ。痛くしたんだもの。せっかく人が褒めてるのに、つまらないことばかり言って」

「褒められるのは苦手なんだよ。くすぐったくて」

「御託《ごたく》はいいから、堂々と胸を張りなさいよ」

小競《こぜ》り合いしていると、いずみたくがやって来て苦笑した。

「仲が良いですねえ」

「よく言うよ。つねられてるんだぞ。とんだ暴力カミさんだ」

「ぼくもつねってほしいなあ」

「あら、いいわよ。いつでもどうぞ」

一九三〇（昭和五）年生まれのいずみたくは、三十歳の新進気鋭《しんしんきえい》の作曲家だ。トレードマークのサングラスと煙草《たばこ》を手放さない不良青年で、今の仕事を始める前はタクシーやトラックの運転手で生活費を稼《かせ》いでいたらしい。

いずみたくとは今回のミュージカルが縁で知り合った。四十一の嵩とは十歳余りの歳の差があるが、何だかんだと懐いてくる。見た目は派手で少々とっつきにくいが、天性の人たらしなのか、周りをその気にさせるのがうまい。

こいつが作曲家で良かった。

人には言えないが、嵩は思っていた。もし、いずみたくが漫画も描くと言い出したら平気でいられるかどうか。

暢は胸を張れと言うが、実際のところ二流なのだから仕方ない。

宮城まり子や永六輔に引っ張られ、テレビや舞台の業界ではそれなりに名を知られつつあるものの、漫画家としては相変わらず、これといった代表作を生み出せずにいる。

横山隆一には『フクちゃん』、清水崑《しみずこん》には『かっぱ』、売れている漫画家にはそれぞれ代名詞とも呼べる作品がある。嵩にはそれがない。つまり漫画家としての個性が弱いのだ。認めるのは辛《つら》いが、致命的《ちめいてき》な欠点だと思う。

手塚治虫《てづかおさむ》もいる。嵩が会社員をしていた頃に出てきた若手で、瞬《また》く間に漫画界のトップに立った。手塚の登場で、漫画界は大きく変わった。

『ジャングル大帝《たいてい》』や『火の鳥』、『鉄腕《てつわん》アトム』といった、手塚の描く漫画はこれまでの漫画とはまるで違う。短編や長編といった技術的なことではない。手塚の描く漫画には社会へのメッセージがある。ただ面白《おもしろ》くて笑えるのではなく、考えさせられる。自分より一世代下にそんな漫画家が出てきたのだ、胸を張れと言われても無理だ。

要するに才能の差だろう。

こうした感覚を味わうのには慣れていた。

自分に思うような才能がないことは知っている。どう頑張っても二流。手塚治虫にはなれない。

だったら、どうする?

四十過ぎで会社員には戻るのは難しい。ならば、このまま自由業で食べていくまで。幸い仕事はあった。

『見上げてごらん夜の星を』が成功したのがきっかけで、嵩は舞台やテレビの仕事で引っ張りだこになった。

テレビ業界は伸び盛りで、刺激的な仕事が次々降ってくる。

「やなせさん、今回も頼むよ」

「この仕事はやなせさんでなくっちゃ」

次々と声がかかり、スケジュールが埋《う》まっていく。漫画界では不遇《ふぐう》でも、テレビの仕事には困らなかった。

忙しい毎日。知り合いが増え、それに応じて仕事の幅《はば》も広がっていく。充実《じゅうじつ》した人生。そのはずだ。なのに。

はあ。

おかしいな。なぜか、ため息が出る。

「具合でも悪いの？」

食卓《しょくたく》で暢が心配顔をしている。

きのこと筍《たけのこ》の炊《た》き込《こ》みご飯も、赤出汁《あかだし》もほとんど手つかずで、申し訳程度にサラダをつついている嵩の様子が気になるのだろう。

「昼に食べ過ぎたんだよ」

「胃薬飲む？」

「いや、いい。ごめんよ、せっかく作ってくれたのに。明日食べるから残しておいてよ」

「わかった」

暢には嘘がつけない。嵩は箸《はし》を置き、アトリエに引き上げた。憂鬱《ゆううつ》な気分のときは一人でいたほうがいい。甘えて愚痴《ぐち》を吐き出しても、翌朝に悔《く》やむだけだ。

食欲がないのは落ち込んでいるせいだ。

今日、嵩はいずみたくに言われたのだ。

――そっか。やなせさんは漫画家だったっけ。

新しい仕事を打診され、打ち合わせをしたとき、嵩がぽろりと知人の悪口を漏《も》らしたら、傷に塩を塗《ぬ》られた。

悪気は感じられなかった。ただ思ったことをそのまま口にしたのだろう。

嵩は漫画評論家をしている知人に「もう漫画は描かないのですか？」と問われたのだ。

――時間が取れなくて。

愛想笑《あいそわら》いを浮かべて答えると、相手は眉をひそめて言った。

──そんなのは言い訳です。描きたいなら、時間を作ればいい。

あまりに正論で、ぐうの音も出なかった。

胸に五寸釘《ごすんくぎ》を刺《さ》されたよ、と笑い話にしたら、いずみたくからも刺されてしまい、気落ちしていたのだ。

「あーあ、腹立つなあ」

ひとりごち、机の上に両手を投げ出した。

注進されずとも自覚している。今の状態では良くないことくらい。

落ち込んでいるのは痛いところを突《つ》かれたせいだ。漫画評論家は正しい。

──やなせさん、このままだと、あなたは業界の便利屋になってしまいますよ。

いずみたくには言わなかったが、漫画評論家はそこまで踏み込んできた。意地悪ではなかろう。本気で忠告してくれたのだと思う。

まだ漫画家やなせたかしに期待してくれる人がいるとはありがたい。

「便利屋、か……」

実際、その通りかもしれない。

仕事は選《え》り好《ごの》みせず受けている。あれこれ注文をつけられるのは、才能のある者だけだ。食べていくためには便利屋を続けるほかにない。

「あー！」

頭を掻《か》きむしり、机に突っ伏した。と、急に部屋が暗くなる。

「もう寝たら？」

暢が渋面《じゅうめん》を突き出した。奇声《きせい》を聞きつけ、強制的に壁際《かべぎわ》のスイッチで灯りを消したのだ。

「駄目だよ、仕事があるんだ」

「あらそう」

「お休み」

嵩が言っても、暢は部屋の前にいた。

「よければ愚痴の聞き役になるけど」

「平気だよ。ごめんよ、うるさくして。もう平気だから」

ドアが閉まった後も、灯りはつけなかった。立ち上がってスイッチをつけにいくのが面倒だった。

とはいえ、暗いままでは困る。急ぎの仕事があるのだ。

やる気が起きないまま、嵩は机の上に転がっている懐中《かいちゅう》電灯に手を伸ばし、スイッチを入れた。ぽっ、と淡《あわ》い光が灯《とも》る。

子どもの頃、柳瀬医院で千尋と一緒にレントゲンごっこをした。そのことを思い出しつつ、懐中電灯を手のひらに押し当ててみた。

「おお」

懐かしい。

暗いところで灯りを当てると、血の色が透《す》けて真っ赤に見える。小学生だった千尋はこの遊びが大好きだった。何度やっても同じなのに、「兄ちゃん、やろうよ」と誘《さそ》ってきたものだ。

当たり前だが血の色は赤い。おまけに澄《す》んでいる。眺めているうちに、苛立《いらだ》ちが収まって来た。こんなふうに落ち込んで、気持ちは腐《くさ》っているのに、体は黙々《もくもく》と頑張っている。

何だか申し訳なくなった。

小さな頃の千尋が思い浮かぶ。

病弱だった弟は、自分の体に綺麗《きれい》な血が流れているのを見て、己を鼓舞《こぶ》していたのかもしれない。

生きている。

そのことにあらためて感謝する。

幼かった頃の、中学生になってからの、京都帝国大学生だった学生服姿に、最後に会った日の海軍の白い詰襟《つめえり》。今はもういない弟の顔が浮かぶ。

嵩は急いで鉛筆を手に取り、頭に浮かんだフレーズを書きつけた。

ぼくらはみんな　生きている
生きているから　歌うんだ
ぼくらはみんな　生きている
生きているから　かなしいんだ
手のひらを太陽に　すかしてみれば
まっかに流れる　ぼくの血潮《ちしお》
ミミズだって　オケラだって　アメンボだって
みんな　みんな生きているんだ　友だちなんだ

嵩は書きながら自分に詫びた。

目の前の現実に流され、いつの間にか夢を忘れてしまっていた。

才能がなくて、漫画業界の末席にいる、吹けば飛ぶようなちっぽけな存在。だとしても生きている。千尋も。父も母も。寛もキミも。鉄も。みんな精いっぱいに生きた。そのことを嵩は知っている。そういう詩を書いた。


「へえ、いいじゃん」

いずみたくが曲をつけてくれ、『手のひらを太陽に』が完成した。テレビの『NETニューースショー』の「今月の歌」に取り上げられ、宮城まり子が歌ったのに、何の反響《はんきょう》もなかった。

自分が張り切ったくらいで、すぐに結果がついてくるほど世の中は甘くない。それが現実だ。まあ、自分のペースで走っていけばいい。諦めずにいれば、いつか花咲くときが来る。自分に言い聞かせて前を向く。

苦戦する嵩とは裏腹に、手塚治虫は快進撃《かいしんげき》を続けていた。『鉄腕アトム』のテレビ放送も決まったという。

嫉妬心《しっとしん》も起きなかった。手の届かない相手には、そんな気すら湧《わ》かない。

その後も漫画家やなせたかしは振るわず、嵩は「漫画集団」から除《の》け者《もの》にされてしまう。

第五章　なんのために生きる

1

一九六七（昭和四十二）年、春のことである。

応募《おうぼ》条件はプロアマ問わず。

「つまり、ぼくでもいいわけか」

嵩《たかし》は雑誌『週刊朝日』の懸賞漫画《けんしょうまんが》の応募ページを読み、独り言《ご》ちた。

プロアマ問わずならば問題ない。もしグランプリを獲《と》れば賞金百万円。おまけに『週刊朝日』で半年間漫画を連載《れんさい》してもらえる。絶好のチャンスだ。もし懸賞に通れば、の話だが。

嵩にとって重要なのは賞金より連載だ。『週刊朝日』に載《の》せてもらえるなら、売れない漫画家やなせたかしの面目躍如《めんもくやくじょ》だ。

落選すれば恥《はじ》をかく。

だとしても、それが何だ。落選しようがしまいが大した差があるものか。どうせ周囲は誰《だれ》も嵩を漫画家とは見ていない。

アトリエの窓の外は鈍色《にびいろ》だった。今にも霙《みぞれ》が降りそうな、鼠色《ねずみいろ》の厚い雲が垂れこめている。

幸い仕事は順調だ。新しい依頼が切れ目なく入り、おかげさまで忙《いそが》しくしている。しかし、気持ちは塞《ふさ》いでいた。

もうじき「漫画集団」で世界一周旅行へ出るらしい。嵩はその噂《うわさ》をテレビ業界の知人に聞いた。寝耳《ねみみ》に水のことで、一瞬《いっしゅん》「え？」と声が出てしまった。

――あれ？　やなせさんは誘《さそ》われなかったの。

知人に言われ、嵩はとっさにかぶりを振った。いや、断ったんだよ。仕事が忙しくてね、ちょっと都合がつかなかったものだから。狼狽《ろうばい》しているのを隠《かく》そうと、つまらない嘘《うそ》をついたことも情けなく、嵩は落ち込んでいた。

仲間外れか。

同業者と世界一周旅行なんて想像するだけで楽しそうだ。もし誘われたら、仕事の予定をどうにかやり繰りして参加したに違いない。

四十八にもなって、こんな惨《みじ》めな気持ちを味わうとは。

誘ってもらえなかったのは、「漫画集団」の連中が嵩を同業と見ていないせいだろう。嵩は自分を漫画家と思っているのに、仲間はそう思っていない。

それも仕方ないとはいえる。

「漫画集団」には天才の呼び声高い手塚治虫《てづかおさむ》を始めとして、藤子不二雄《ふじこふじお》や赤塚不二夫《あかつかふじお》といった俊英《しゅんえい》が加わり、隆盛《りゅうせい》を誇《ほこ》っている。その煽《あお》りか、以前と比べて回ってくる仕事も激減し、今の嵩はほとんど漫画を描いていなかった。

テレビやラジオの仕事では重宝され、生活は十分できている。それでも、

「悔《くや》しいなあ」

声に出して言い、空を睨《にら》んだ。嵩は漫画家でいたいのだ。これが自分だ、という作品を打ち出したい。

わかっている。自分のせいだ。困ったときのやなせさん、の立場に甘んじ、流されるまま生きてきたせいだ。

これでいいのか？

と、自省するまでもない。こんなふうに生煮《なまに》えの気持ちを抱《かか》えているのは不本意だ。

それから数日後のこと。

「さあ、行くわよ」

朝起きると、暢が巨大なリュックサックを担《かつ》いでいた。

「行くってどこへ」

布団を引っぺがされ、嵩は海老《えび》みたいに体を縮《ちぢ》めた。

今日は休みにすると決めていた。そのために昨夜は深夜までアトリエに籠《こも》り、急ぎの仕事を片付けた。その分、寝坊を決め込むつもりだったのに何事だろう。

上京する前、南海地震が起きたときも似たようなことがあったな。寝ぼけまなこをこすりながら、嵩は思った。あのときは震度六の揺れの中で寝続けて、後からキミに呆《あき》れられた。暢はぐずぐずしている嵩を尻目に寝室のカーテンを開けた。

といっても、まだ外は薄暗い。

「今何時？」

それには答えず、暢は窓を開けた。たちまち風が入ってくる。

「いい天気よ。寝て過ごすのはもったいないわ」

「まだ薄暗いじゃないか」

「これから晴れるのよ」

暢は笑顔で適当なことを言う。

「ふん、そうかい。晴れた日にゆっくりするのも悪くないけどね。日向ぼっことか」

「そういうのは老後に取っておいてちょうだい。さ、早く顔を洗って着替えて」

春近しとはいえ、寝巻姿で風に晒《さら》されては寝てもいられない。諦《あきら》めて身を起こし、眼鏡をかけて時計を確かめると六時半、道理で眠いはずだ。

渋々身支度を済ませ、台所で野菜スープとトーストの朝食を摂《と》っていると、暢が入ってきた。手に男物のリュックサックを持っている。

「しっかり食べたほうがいいわよ。今日はたくさん歩くから」

「歩く？」

「山登りするんだもの。スタミナをつけないとね」

暢は小柄で細身ながら体力があり、山登りを趣味《しゅみ》にしている。

富士山はもちろん、白馬岳《しろうまだけ》に五竜岳《ごりゅうだけ》、槍ヶ岳《やりがたけ》といった、名だたる山にはすべて登っているつわものだ。いつも仕事で忙しい嵩を置いて、自分だけで背丈ほどのリュックサックを担いでいくのだが、今日はどういう風の吹き回しか、夫婦で登りたくなったらしい。

「ぼくには無理だよ。未熟児だったんだから」

「いつの話をしているの。四の五の言わずに、さっさと食べて。もうじき車が来るから急いでね。はい、あなたのリュックサック」

反論の余地はなかった。暢は嵩の分まで荷物を用意し、タクシーの手配もしていた。

ついでに言うなら、飼い犬の散歩も済ませたのだとか。

こういうときの暢に逆らっても無駄だとは、経験上よくわかっている。ここはおとなしく、ついていったほうが良さそうだ。

とはいえ、日頃はペンより重い物を持たない嵩のこと、リュックサックを担げるかどうか。以前、たわむれに出発前の暢のリュックサックを担いでみたら、あまりの重さに三歩で音を上げたことがある。

覚悟を決めて担いでみたら、案外軽かった。

「あれ」

思わず口に出た。

「軽いでしょう、あなたのために荷物を最低限に絞《しぼ》ったんだもの」

「これなら、ぼくでも平気だ」

「でしょう？」

玄関には、用意のいいことに嵩の登山用のシューズが置いてあった。

暢の呼んだ車に乗って、向かったのは高尾山《たかおさん》だった。

ケーブルカーで山頂まで登ることもできるが、中腹より上は雪が残っていて滑《すべ》りやすいというので、登山口からゆっくり登っていく。

枯《か》れ葉《は》がつもる山道を暢と肩を並べて歩いた。平日だからか、登山客は想像していたより少ない。還暦《かんれき》を過ぎた女性の数人グループと年配の夫婦がいるくらいだ。

登山口の鳥居をくぐり、坂を上っていく。思ったより急坂だが、暢が嵩の歩調に合わせてくれるおかげで無理をせずに済んだ。

「どう？　意外ときついでしょう」

「まあね」

日頃の運動不足がこういうときに出る。

実際、思ったより本格的な登山だった。高尾山といえばお年寄りにも人気だが、侮《あなど》れないものだ。白い息を吐《は》きながら山を登るうちに、体が温まってきた。疲れたと思いつつ、さくさくと枯れ葉を踏《ふ》みながら前へ進むのが心地良くなってくる。

三十分ほどで神社が見えてきた。

「せっかくだからお参りしていきましょうか」

八王子神社は古来より悪厄除けや健康の神として知られている。

さっそく手を合わせてお祈りする暢に倣《なら》い、嵩もお参りした。

「何を祈ったの？」

「そんなの内緒だよ」

「あらそう。わたしは嵩さんが健康で恙《つつが》なくお仕事できるようお祈りしたわ」

「じゃあ、ぼくもおぶちゃんの健康を祈るよ。ちょっと待ってて」

あらためてお祈りをしてから、さらに山道を進む。

空気がきれいで、息を吸うのが心地いい。早朝に起こされたときは唖然《あぜん》としたが、たまにこうして山歩きするのも悪くないものだ。

「犬も連れてくれば良かったな。いつも近所を散歩するだけだから」

「喜ぶでしょうけど。犬が苦手な人もいるわよ」

「言われてみればそうか。なら、駄目《だめ》だな」

「一緒に山を昇れたら楽しいでしょうね。でも、犬だけ連れていったら、猫が僻《ひが》むわ。やっぱり散歩に行くなら近所が一番よ」

暢との間に子はいない。

二人とも四十代だから、もう望めないだろう。代わりに家では犬や猫を飼っていた。子は鎹《かすがい》というけれど、柳瀬家ではペットが鎹なのだ。

その後は急な坂を上ったり下ったり、さすがに息が切れて、暢についていくので必死だった。途中、赤い垂れを下げたお地蔵さん居並ぶ地蔵平で一息つき、八王子の街並みを眺めてから、ふたたび山道へ。三十分ほどで、富士見台に到着した。

「やれやれ、疲れたな」

「体が鈍《なま》ってるわねえ。でも、まあ仕方ないわ。あなたは毎日お仕事を頑張《がんば》っているんだもの」

山登りが趣味の暢は余裕の笑みだ。顔をわずかに上気させ、嵩の尻をパンと叩《たた》く。

「ねえ、見て。富士山」

「どこ？」

手庇《てびさし》を作って暢の指差すほうを眺めると、折り重なる山々の向こうに、白い雪をかぶった富士山がそびえていた。

「こりゃ絶景だ」

「すごいでしょう。あなた、運がいいわ。雲に隠れているときも多いのよ」

「ふうん。運が良かったんだな」

「神様があなたの頑張りに報いて、ご褒美《ほうび》をくれたんだわ。きっと良いことがあるわよ」

口ではそう答えたものの、内心では首を捻《ひね》っていた。

自分がそれほど頑張っているとは思えない。

もしそうなら、今頃は漫画家として肩で風を切っていたはずだ。むしろ努力不足で不本意な目に遭《あ》うのだと思っていた。

暢は嵩が落ち込んでいると察して、元気づけようとしているのかもしれない。

家で愚痴《ぐち》は言わないようにしているが、敏《さと》い暢にはお見通し。落ち込みの理由には触れず、気分転換に見晴らしのいいところへ連れ出し、願掛けのつもりで富士山を拝ませてくれたのだ。

暢は、嵩がアトリエに一日中籠っていると知っている。それでも結果が出ないことはある。仕事なんてそんなものだ。努力が必ず実を結ぶわけではない。そんなこと痛いくらい知っている。

悔しいときほど前へ進め。

あれこれ悩む前に、えいっと跳《と》んでしまえばいい。富士山を眺めていると、そう思えてくる。

「おぶちゃん、今日はありがとう。連れ出してくれて」

「どういたしまして」

「もう帰ろうよ。家でやりたいことがあるんだ」

山に登って一時間で引き返すと言っても、暢は怒らなかった。

「わかったわ」

と笑顔で応じ、さっさと来た道を引き返す。

登山口に着くと、車が待っていた。あらかじめ暢が呼んでおいたという。

「たぶん、あなたがそう言うと思って」

もし嵩が降りると言い出さず、もっと上まで登っていたら、待ち料金だけでも相当嵩《かさ》んだに違いない。

「手回しがいいね」

「夫婦ですもの。今日はお弁当も作ってないのよ」

「道理でリュックが軽いはずだ」

覗《のぞ》いてみたら、中はスカスカだった。

「遭難《そうなん》したら一発で死ぬな」

「あら、チョコレートは入れてきたから、一晩くらいはもつわよ」

涼《すず》しい顔で言う。まったく。

「うちの山の神は豪胆《ごうたん》だな」

やはり運がいいのは暢のほうだという気がする。富士山を拝めたことも含めすべて、手のひらで転がされているに違いない。

車の後部座席でチョコレートを一つ食べたら、元気が出てきた。山道を登るときに筋肉を使い、全身の血のめぐりが良くなったせいもあるのだろう。懐中《かいちゅう》電灯で確かめなくとも、自分の血が生き生きと流れているのを感じる。

山登りもいいものだな。

坂道を上がって下って、少しずつ高みを目指していく。それも二人なら、途中で苦しくなっても助け合える。

伴走者がいるありがたみをつくづく感じた。漫画家への夢は道半ば。

今は下り坂にいても、そのうち上り坂が来る。それを繰り返して歩き続ければ、いつか高い場所へ辿《たど》りつける。暢といると、そんなふうに思えるのがいい。

「よし」

応募しよう。

あの頃の小さな嵩に誇れる自分であるために。後免町時代の嵩に背を押されるようにして決めた。

2

嵩はさっそく応募漫画に取り掛かった。

どんなものにしようか。

依頼仕事とは違い、全部自分で好きに決めていいと思うとわくわくする。

せっかく挑戦《ちょうせん》するならグランプリを獲りたい。世間の話題をさらうものにしよう。いずれ日本を飛び出し、海外の人にも読んでもらえるような。

漫画で一番大事なのはキャラクターだと嵩は思っている。小学生の頃、全国の子どもが夢中になった正チャン然《しか》り、大先輩《だいせんぱい》の横山隆一《よこやまりゅういち》のフクちゃん然り。画力不足を補う強烈《きょうれつ》なキャラクターを打ち出すのだ。

考えているうちに、新宿駅まで歩いてしまった。それだけ集中していた証左だ。いつもながら大勢の人々でごった返している。

すごい数だな。

見慣れた光景なのに圧倒《あっとう》された。いったい何人いるのだろう。

流行《はや》りのモッズルックで身を固めた若者が、駅前でギターを抱えて歌っている。イギリスのツイッギーに憧《あこが》れ、腿《もも》までむき出しにしたミニスカートで決めた少女の二人連れや、外国スターを真似《まね》た細身のジャケットを着こなす若者に、どぎつい化粧《けしょう》の水商売のお姉さんに、金回りの良さそうなサングラスの男。

新宿駅前には奇抜《きばつ》な身なりをした者がそこかしこにいた。けれど、案外目立たない。おっと思っても、通り過ぎた傍《そば》から忘れてしまう。群衆になると人の個性は消えてしまうのだ。

呆然《ぼうぜん》と立ち止まっている嵩の周りを、人々は器用によけていく。まるで透明《とうめい》な置石みたいに。

これに似たものをどこかで見たことがあった。

そうだ、水族館で魚の群れが泳いでいるのに似ている。よく見ればそれぞれ違うのだろうが、とても区別などできない。大勢の中で突出《とっしゅつ》することのいかに難しいことか。

「どうしたの、お味噌汁《みそしる》こぼれてるわよ」

食事中も考え事が頭から離れなかった。

「ああ、ごめん」

はっと我に返ると、怪訝《けげん》そうな暢《のぶ》がこちらを見ていた。

「心ここにあらずねえ。お仕事、大変なの？」

「仕事は順調なんだけど、ちょっとね。考え事をしていたんだ」

「そう、だったらしょうがないけど。差し向かいで食事をしているのに、まるでわたしが全然見えてないみたい」

「まさか。ちゃんと見えてるさ」

言い訳してみたものの、暢は拗《す》ねている。

見えているのに、見えていない。

はっとした。

新宿駅の光景がよみがえる。嵩がまさにそうだった。群衆に埋《う》もれ、誰に顧《かえり》みられることもない無個性な存在。「漫画集団」でもそうだ。いるのに、いない。透明な名もなき人間。それが自分だ。

……いいかもしれない。

名もなきキャラクターで漫画を作る。

考えてみれば、他の歩行者も嵩と似たようなものだ。

目立たないのは眼鏡のおじさんの嵩に限らない。

奇抜な身なりで精いっぱい自分を主張しても、群衆の中では個が消える。だとしても恥《は》じることはない。注目されてもされなくとも、みんな懸命《けんめい》に生きている。俺《おれ》だって。わたしだって。今になり、目の前を通り過ぎた人々の胸の内の叫《さけ》びが聞こえてくる。

何者にもなれなくても、人にはみな唯一無二《ゆいいつむに》のドラマがある。

かくして嵩は「無口なボオ氏」と題して懸賞漫画を描いた。

主人公は「帽子《ぼうし》」を目深《まぶか》にかぶった、どこの誰とも知れない「某氏《ぼうし》」。顔を見せず、口を利《き》かない某氏は嵩であり、世界中にいる誰かでもある。

失恋《しつれん》して傷つくボオ氏。

一人ぼっちで歩いているときに自分と似た石ころを見つけ、そっと片割れの石と寄《よ》り添《そ》わせてやるボオ氏。

流れ星を追いかけ遥《はる》か遠くまで旅したものの、やっと辿りついて見つけたのは地面に開いた星形の穴。呆然と穴を見下ろすボオ氏。

不器用なボオ氏は何をしてもうまくいかず、すぐに失望して自棄《やけ》になる。

けれど困っている人を見かけると放ってはおかない。声をかけ、手助けする。転んでもやがて起き上がり、また歩き出す。ボオ氏は嵩でもあり、また同時に市井《しせい》に数多《あまた》いる人々そのものでもある。

依頼仕事を終えた後、毎晩夜更《よふ》けにコツコツと描き貯《かた》めた二十四本の漫画を『週刊朝日』に送った。

これで駄目なら、漫画家は廃業《はいぎょう》だな。

応募原稿《げんこう》を投函《とうかん》し、郵便局から帰る道すがら、さばさばとした気持ちで嵩は思った。ボオ氏なら落選するだろう。項垂《うなだ》れて肩《かた》を落としてトボトボ歩き、泣《な》きっ面《つら》に蜂《はち》でぬかるみに足を取られて転ぶオチが目に浮かぶ。

自分もそうなるかもしれない。というより、十中八九そうだろう。

子どものときから絵を描くのは得意だったが、一番ではなかった。せいぜい上から三番か四番、いつも自分よりうまい者がいた。それでもプロになれたから勘違《かんちが》いしてしまったのだろう。自分はもっとやれる。一流の仲間と肩を並べる漫画家になれる、と。

いずれにせよ、賽《さい》は投げられた。

後は結果を待つだけだ。今できることは特にない。もしあるとしたら、注文仕事に精を出すくらいだ。

夢に破れても人生は続く。暢を路頭に迷わせないためにも、平凡《へいぼん》な己《おのれ》を受け入れ、懸命にやるまでだ。

ボオ氏と己を重ね、早くも落選を覚悟《かくご》していたある日。

「やなせさんですか？」

知らない声の電話にどきりとした。

「そうですが。ひょっとして『週刊朝日』ですか？」

「いや違います」

電話の相手は、文化放送の『現代劇場』というラジオドラマ番組のディレクターだった。

内心期待していただけにがっくりし、ちょっと笑ってしまった。能天気な己が忌々《いまいま》しい。

「もしもし、聞こえてます？」

こちらの落胆《らくたん》など露《つゆ》知らぬ声で、ディレクターは用件を告げた。

「実はですね、突然《とつぜん》で恐縮《きょうしゅく》なんですが……。明日の朝までに、何でもいいからラジオドラマを一本作ってほしいんです」

「わかりました」

「このままだと番組に穴が……、えっ？　いいんですか？」

「構いませんよ。何でもいいんでしょう」

「本当ですか！　感謝します！」

困ったときのやなせさん。

自分が業界でそう言われていることは、前から承知している。早い話が便利屋というわけで思うところがなくはないが、困っていると聞くと断れない。二つ返事で引き受け、電話を切った。

実を言うと、依頼が来たのは好《い》いタイミングだった。ちょうど書きたいネタがあるのだ。

少し前に、ドイツの動物園で犬がライオンを育てたという記事を新聞で読んだ。同じ頃、別の記事で、サーカスから逃げ出した猛獣《もうじゅう》が射殺されてしまったというものも読んだ。この二つの話を知って、胸に引っかかったことを物語にしたい。

もう一つ、頭には昔作ったショートメルヘンが浮かんでいる。ほんの五分程度のものだが、それを下敷《したじ》きに、この二つの事件で感じたことを物語にしよう。

となると、主人公はライオンだ。

みなしごライオンの子どもは両親を亡《な》くし野外動物園に預けられた。

ひとりぼっちで怖《こわ》くてぶるぶる震《ふる》えているから、名はブルブル。

お母さんの代わりにブルブルを育てたのは、ムクムク太った犬のムクムク。

怖がりのブルブルを背負い、ムクムクは毎晩子守唄《こもりうた》を聞かせる。

――ブルブル、いい子で眠りなさい。ミルクをたくさん飲みなさい。

優しいムクムクに育てられ、ブルブルは優しいライオンに育った。あっという間に体はムクムクより大きくなったけれど、ムクムクにとってはいつまでも小さな我が子。二匹《ひき》は仲の良い親子だった。

成長したブルブルは小さな町のサーカスへ売られ、人気者になった。

お客さんに喜んでもらえるのは嬉《うれ》しいけれど、離れ離れになったムクムクが恋《こい》しい。

ブルブルは大きくなっても甘《あま》えん坊《ぼう》だった。

ある夜、ブルブルが檻《おり》の中で眠っていると、遠くのほうから懐《なつ》かしい子守唄が聞こえるのに気づいた。

――ブルブル、いい子で眠りなさい。ミルクをたくさん飲みなさい。

お母さんだ！

ブルブルはムクムクに会いたい一心で、檻を破って飛び出す。

走れ、ブルブル。金色の風のように。

金色の矢のように。走れ、走れ！

自分に言い聞かせながら、ブルブルは見事なたてがみをなびかせ、子守唄を頼りに走った。

小さな町は大騒《おおさわ》ぎになり、ライフルを持った警官隊が出動し、追いかけてきたことをブルブルは知らなかった。

やがて町はずれの林の中で、ブルブルはうずくまっているムクムクを見つける。歳《とし》を取り、動物園から追い出されたのだ。ムクムクは年老いて今にも死にそうだった。

あんなにムクムクと太っていたのに、すっかり痩《や》せてしまい、力なく雪の上に横たわっている。

――お母さん。今度こそ、ずっと一緒に暮らそうね。

もっと早く会いにくれば良かったとブルブルが涙《なみだ》を流し、ムクムクを抱《だ》きしめたそのとき。

――撃《う》て！

警官隊の隊長の鋭《するど》い声が響《ひび》く。

いったいブルブルが何をしたというのだろう。ちっとも悪いことをしていないのに。ライオンに生まれただけなのに。

ブルブルはムクムクをしっかり腕《うで》に抱いたまま倒れた。

雪の丘にはブルブルの足跡《あしあと》が残っているが、不思議なことに丘の途中で足跡はふっつりと途絶《とだ》えている。

その夜のこと。年寄りの犬を背中に乗せたライオンが、空を飛んでいくのを町の何人もが目撃《もくげき》するのだった。

話を書き終えたとき、嵩は涙を流していた。

書いているうちにブルブルが自分に乗り移る感覚があった。

体は自分のアトリエにいながら、魂《たましい》はどこか遠い雪山にいるような。ムクムクの骨ばかりに痩せた体をこの手に抱き、頬《ほお》ずりした感覚があった。鼻先ではつやの失せた毛皮や、雪のにおいを感じた。

そうなるだろうと、書く前から思っていた。途中から涙があふれてノートが見えなくなり、往生したほどだ。

「母さん……」

瞼《まぶた》の裏に実母登喜子の顔が浮かぶ。

美しかった母さん。

遠い昔、後免町で白いパラソルを差して去っていった、あの姿を思い出すと今でも泣けてくる。母さんはもうこの世にいない。戦争を生き延びたが、再婚《さいこん》した夫とも死に別れ、寂《さび》しい晩年を過ごした。

それから育ての母のキミ。

ひねくれていた嵩を抱きしめ、無償《むしょう》の愛を注いでくれた、優しいお母さん。

キミを思うと、嵩の心は後免町に飛ぶ。

あの町で過ごした日々はいつだって懐かしい。

ブルブルには千尋の面影《おもかげ》も重なる。ぼくらは幼くして両親をなくしたみなしご兄弟、同じ寂しさを抱えた者同士だった。

千尋もブルブルみたいに死んでいった。戦争だから仕方ない。一人の若者の死がそんなふうに片づけられた。今も世界のどこかで同じことが起きている。

「ごめんよ」

ムクムクを抱きしめたとき、つと口に出た。

キミは一人で死んでいった。またしても、親の死に目に会えなかった。

子ども時代に反抗《はんこう》して困らせた分、精いっぱい親孝行するつもりでいたのに。

振り返ると、してもらったことばかり思い浮かぶ。

本当に良い母だった。

三越《みつこし》の包装紙で贈り物をしたときには、大喜びで手紙をくれた。

『ビールの王さま』の連載を始めてからは、後免町の家にはいつもニッポンビールのビールがあった。仏壇《ぶつだん》に供え、「タカちゃんを応援《おうえん》してやって」と寛《ひろし》と千尋に祈っていたらしい。

帰ってきてほしい、とは一度も頼まれたことがない。

キミはいつも見守っていてくれた。世話になっておきながら、嵩が実母へ会いにいっても嫌《いや》な顔をしなかった。後ろめたい思いを抱えて家に戻り、「タカちゃん、お帰り」と笑顔で出迎えられると、罪の意識が薄らいだ。

せめてキミが生きているうちに故郷に錦《にしき》を飾《かざ》り、安心させてやりたかったのに間に合わなかった。

心の奥で案じるだけで、ろくに帰省しなかった。

——タカちゃんは何の心配もせんで、東京でしっかりやりや。

電話するたび気丈《きじょう》な声を聞かせてくれたが、本当は寂しかったに違いない。

強がりに決まっているのに。ぼくは馬鹿だ。

キミの言葉に甘え、自分の夢を追いかけた。

離れているうちに、母が段々と老《ふ》けて弱っていくのが怖かった。

それなのに後回しにした。まだ時間はある。根拠《こんきょ》もなく決めつけて、自分のことにかまけているうちに、親は歳を取ってしまうのに。

案じているだけでは駄目なのだ。

親と共に過ごせる時間は、思っているよりずっと短い。頭ではわかっていたつもりだった。死なれた後に悔《く》やんで詫《わ》びるくらいなら、生きて元気にしているうちに「また来たの？」と、うんざりされるくらい顔を見せてやれば良かった。塩辛《しおから》い涙が頬を伝い、ぽたりとノートに落ちる。慌ててハンカチを探しても遅い。次から次へと涙がこぼれて鉛筆《えんぴつ》の文字をにじませた。


翌朝、ラジオ局のスタジオへ原稿を届けた。

「ありがとうございます！」

ディレクターは顔の前で手刀を切り、原稿を手に別室へ行った。今からドラマをもとに曲をつけるのだ。

「――やなせさん」

一時間後に別室から出てきたディレクターに声をかけられた。

声が暗いのが気になり嵩が訊《き》くと、

「あれ。ひょっとして気に入らなかったかい？」

ディレクターは慌ててかぶりを振り、薄い色のサングラスの奥の目を大きく見開いた。

「とんでもない。逆です！　あまりに素晴らしくて感動したんです」

ディレクターは泣いていた。サングラスが涙で曇っている。

曲をつけたのは、早稲田《わせだ》大学グリークラブで教えている磯部俶《いそべとし》だった。今回の仕事

を頼んだときには、

「いつもこんなふうに、急な注文を振られても困るよ。やっつけ仕事をしていると思われたら迷惑《めいわく》だ」

と怒っていたそうだが、嵩の原稿を読んだ今は機嫌よく仕事をしているという。

嵩が書いたラジオドラマ『やさしいライオン』は、作曲磯部俶、演出笹本利之助《ささもとりのすけ》で完成し、文化放送でオンエアされた。

一晩で作ったこの物語は、やがて大きく羽ばたいていく。


「こんにちは、『週刊朝日』です」

しばらくして、一本の電話が掛かってきた。

「おめでとうございます。やなせさんがグラ――」

「何です？」

そのときちょうど暢が洗濯機《せんたくき》をかけており、相手の声が雑音にかき消された。受話器を耳に押しつけ訊き返すと、今度はよく聞こえた。

「ご応募された作品がグランプリを獲ったんです」

一瞬、耳を疑った。

ぬか喜びしたのに懲《こ》り、もう期待するのを止めていたせいだろう。おめでとうと言われても、即座《そくざ》にはピンと来ない。

「本当ですか」

応募してから時間が経ったこともあり、たぶん駄目だったのだと諦めていた。

「そう言いたいのはこっちのほうですよ。やなせさんが応募してくださったと知って、編集部一同びっくりしたんですから」

嬉しいことより、悔しいことの多い人生だが、たまには神様仏様がご褒美をくれるときがある。

さっそく嵩は自宅の仏壇へ線香《せんこう》を上げ、いつも以上に念入りに祈った。

暢に報告したら、すぐさま仏壇へ向かった。

何を報告しているのか、ずいぶん長いこと仏壇の前に座っている。嵩もその横に腰《こし》を下ろし、もう一度手を合わせた。不安定な仕事を続けていられるのは、妻の支えあってのこと。あらためてご先祖様にご加護をお祈りする。

そのおかげかどうか、『やさしいライオン』を書いてからというもの仕事に手ごたえを感じることが増えた。自分らしい仕事ができるようになったと言えばいいか。気持ちが伝わっていると思えるようになった。

そういえば、『手のひらを太陽に』も初めは売れ行きが鈍《にぶ》かったが、ここへ来てじわじわと伸びている。前に蒔《ま》いた種が今になって芽吹《めぶ》いてきたような、忘れかけてきた頃に贈り物をもらったみたいな気持ちだ。

これも仏様のご加護だろうか。ムクムクが死ぬシーンでブルブルに己を重ね、涙をこぼした嵩を、キミは「いくつになってもタカちゃんは」、と半ば呆《あき》れつつ、応援してくれているのかもしれない。その両隣《りょうどなり》には寛と千尋もいるだろうか。

ブルブルが警官隊に撃《う》たれたように、この世では悲しいことが多々起きる。理不尽《りふじん》は世にはびこっている。それでも人は生きていく。

何はともあれ。

生きていれば陽の差す日も来るのだと、ボオ氏にも教えてやろうか。

3

半年後の十月、一本の電話が掛かってきた。

「もしもし、手塚です」

「はあ。どちらの手塚さんですか」

と無造作《むぞうさ》に答えてから、どきりとする。

「失礼しました。漫画家の手塚治虫です」

やっぱり、そうか。

どうも声が似ている気がしたら、まさかの本人だった。しかし、漫画界の神様がいったい嵩に何用だろう。

「失敬、失敬。手塚くんだったか」

「仕事中にすみません。実は頼みたいことがありまして」

「いいよ」

「と、おっしゃいますと？」

「だから引き受けるよ。どんな仕事か知らないけど。頼みたいことがあるんだろう？」

「はは、豪快《ごうかい》ですね。やなせさんは忙しいから、断られるかもしれないと思いましたよ」

「手塚くんの頼みを断るもんか。ありがたく引き受けるよ。――で、何をすればいいんだい」

「今度、日本ヘラルド社と組んで長編アニメを作るんです。それで、やなせさんに美術監督《かんとく》をお願いできればと思って」

「うん」

気軽に相槌《あいづち》を打ったものの、にわかに不安を煽られた。

「これから準備を始めるんですけどね。時期が来たら、またご連絡しますよ。では、また」

美術監督？

それも手塚治虫の長編アニメの。できるだろうか。いや、無理だ。何をすればいいのか、見当もつかない。

「ま、冗談《じょうだん》だな」

ひとまず、そういうことにしておこう。

嵩はテレビやラジオの仕事をしているものの、所詮《しょせん》は戦前派だ。アニメの知識など皆無《かいむ》に等しい。そんな人間を頼らなくとも、手塚治虫の周りには若い天才がごろごろいる。そのうち別の人材がいることに気づいて、そっちと仕事を進めるだろう。

その後すぐに別の電話が掛かってきたこともあり、嵩は頭を切り替えた。手塚治虫からも連絡はなく、数カ月が過ぎた。そんなある日。

「来週から虫プロダクションへ出社いただけますか」

と、手塚治虫の事務所の人間から電話をもらい、嵩は大いに慌てた。

そんな。あの話は生きていたのか。

手塚が電話をくれた日から時間が経っていたこともあり、てっきりもう流れたと思い込んでいたのだが違ったらしい。

翌週、練馬区富士見台にある虫プロダクションのアニメーションスタジオに出かけると、大勢のスタッフが待ち構えていた。当時、手塚は自宅正面に建っている粗末《そまつ》な木造二階建てアパートを改装し、長編アニメーションを作っていた。

スタジオにはむろん手塚もいた。

「やあ、お待ちしていました。やなせさんがいないと始まらない」

そんなふうに期待を込められてもとまどうばかり。深く考えず請《う》け負《お》ったはいいが、どこまで役に立てるか怪《あや》しいものだ。

「さっそく始めましょう。やなせさんはイメージボードを描いてください」

監督をつとめる山本暎一《やまもとえいいち》に言われ、ぽかんとした。

「ひょっとして、イメージボードをご存じない？」

「あいにくアニメは初めてなもので」

「なるほど。そう来ましたか」

シニカルな笑《え》みを口《くち》の端《は》に浮かべ、山本監督は腕組みをした。

「あれが絵コンテ。シナリオを読んで、そのシーンを絵にしたものがイメージボードです」

「ふうん……」

壁《かべ》には山本監督の描いた絵がべたべたと貼《は》ってあった。

「これがシナリオです」

脚本《きゃくほん》を手掛けるのは若手の深沢一夫《ふかざわかずお》だという。一九三三年生まれの三十四歳で、嵩より一回り以上も歳が若い。

タイトルは『千夜一夜物語』。

アラビアン・ナイトの名でも知られる、ペルシャの王が妻に毎晩語って聞かせる形式の説話集だ。中をめくって読んでみると、かなり大人向けだ。官能的なシーンも含まれている。

「ずいぶん難しい作品をモチーフに選んだんだな」

嵩がひとりごちると、手塚が寄ってきて隣《となり》に腰《こし》かけた。

「子どもの娯楽《ごらく》という長編アニメーションのイメージを変えたいんです。そのために『千夜一夜物語』を選んだんですよ。世界中の誰もが知っている、有名な物語ですからね」

この作品で世界へ打って出るつもりなのだろう。手塚の話を聞き、嵩は察した。その志の高さに感銘《かんめい》を受ける。

手塚とは同じ「漫画集団」の仲間だが、十歳ほど離れていることもあり、親しく口を利くのはこれが初めてだった。

『週刊朝日』の懸賞漫画で当選したのを機に、嵩は自分も漫画家だと胸を張って言えるようになったが、さすがに手塚と己を同列に並べてはいない。むしろ、どうして自分に声をかけてくれたのか今も不思議なくらいだ。

「プロダクションのみんなと相談して、やなせさんにお願いしようと決めたんです。お忙しいでしょうに、引き受けてくださって感謝しています」

「それはこっちの台詞《せりふ》だよ」

「わからないことがあれば何でも訊いてください。ぼくはいつでも居《お》りますので」

稀代《きたい》の天才と遠巻きにしていた手塚は、接してみると気さくな青年だった。いつも好物のチョコレートを手にして、ぽりぽり齧《かじ》っている子どもじみたところがあるのも親しみやすくていい。

以降、嵩は週に三回、虫プロダクションに通った。

主人公の水売りの青年アルディンが、バグダットの奴隷《どれい》市場で美女のミリアムに一目《ひと》惚《め》れしたところから始まる物語を読み込み、キャラクターへの想像を膨《ふく》らました。

アルディンはどんな顔をしているのだろう。

竜巻《たつまき》をいいことにミリアムを攫《さら》うあたり、情熱的で行動力のある青年のようだ。それも、ただのハンサムではない。色気があって野性味にあふれた青年だ。

そういえば、そんな雰囲気《ふんいき》のフランス人の俳優がいたな。

嵩は数年前に見た映画を思い出した。ゴダール監督の『勝手にしやがれ』で主演したジャン・ポール・ベルモンドだ。二重瞼《ふたえまぶた》のくっきりした瞳《ひとみ》と大きな鼻の持ち主で、厚ぼったい唇《くちびる》の端《はし》に葉巻を咥《くわ》えた格好が決まっている。

「となると、髪《かみ》は黒い癖毛《くせげ》か」

頭にジャン・ポール・ベルモンドを思い浮かべながら、絵コンテに鉛筆を走らせる。

水売りで歩き回るから、肌《はだ》は日に焼けて土褐色にした。相手役のミリアムは意思のある女性らしく、漆黒《しっこく》のロングヘアに長い睫毛《まつげ》が印象的な女性でどうだろう。

初めは不安もあったが、いざ絵コンテを描き始めると夢中になった。

『千夜一夜物語』では、虫プロダクションのスタッフ二百五十名のうち、百八十名を投入し、さらに外部のアニメスタジオに外注して延べ八百名が参加していた。

本人の言葉通り、スタジオにはいつも手塚の姿があった。大勢のスタッフに指揮する傍《かたわ》ら、自分用の机で絵を描いている。

おお。

最初見たとき、その圧倒的《あっとうてき》なスピードに度肝《どぎも》を抜かれた。手塚はチョコを片手に驚くような速さで絵を描くのだ。それでいて、自分でちっとも凄《すご》さに気づいていない。

「ん？　どうしました。やなせさんも食べますか？」

目が合うと、机の引き出しを開けてチョコを一枚差し出してくる。

「仕事中は食事をする時間が惜《お》しいんです」

と言うが、単に好きなのだろう。

手塚はハーシーズの板チョコが好きで、机の引き出しに常備していた。さすがに売れっ子はおやつも高級品だと、妙《みょう》なところに感心したものだ。

虫プロダクションに通うようになってから、家ではよく手塚の話をした。

「買ってきましょうか。嵩さんだって、それくらいの贅沢《ぜいたく》はできるわよ」

「いいよ、ぼくは森永のエールチョコレートで」

「庶民的《しょみんてき》ねえ」

「大きいことはいいことだ――」

嵩が森永のテレビコマーシャルを真似《まね》て歌うと、

「おいしいことはいいことだ」

暢も一緒になって後を続け、二人で笑った。手塚の話は尽《つ》きなかった。才能の差は明らかでも、目の前で圧倒的な力を見せつけられると嫉妬心《しっとしん》も起きない。むしろ傍で手塚の仕事を見ていられるのは何と幸せなのだろう。

試行錯誤《しこうさくご》するうちに、自分でもスイッチが入るのがわかった。

登場人物のキャラクターについて考えていると、いくらでも想像が膨らむ。そのうち頭で作り出したはずのアルディンが勝手に動き出した。それに呼応するように脇役《わきやく》がすっくと立ち上がる。

「うん。いいキャラですね」

盗賊《とうぞく》の娘《むすめ》マーディアもその一人だった。

最初はほんの端役《はやく》の想定だったが、嵩の意図に反して自ら喋《しゃべ》り出した。

キャラが勝手に動く。話に聞いたことはあったが、実際に体験したのは初めてだ。自分の身に起きるまでは、正直なところ眉唾《まゆつば》とも思っていた。しかし事実、嵩の作ったキャラクターが証明してくれた。

一九六七（昭和四十二）年に制作を始めて二年。予定を大幅《おおはば》に遅れ、ようやく『千夜一夜物語』は完成した。この頃にはスタッフの多くが徹夜《てつや》続きで目の下に隈《くま》を作っていた。何しろ作業は連日徹夜で、みんな風呂《ふろ》に入る暇《ひま》もなく、手塚に振り回されていたのだ。

山本監督を始め、脚本をあらかた修正させられた深沢もぐったりしていたが、嵩にも励ますだけの余力が残っていなかった。

「手塚くん、ぼくにもくれよ。チョコレート」

嵩が手を出すと、手塚は目尻《めじり》に皺《しわ》を寄せて満面の笑みを浮かべた。

スタッフ一同、差し入れに来たヘラルド社の社員が絶句するほどの窶《やつ》れぶりで、トイレの壁には誰が書いたか、「虫プロには朝はない」と落書きのある通りの修羅場《しゅらば》だったが、ようやく完成にこぎつけた。

徹夜明けの朝、漫画界の神様にもらったハーシーズの板チョコは、脳天が痺《しび》れるほど甘く、とびきりうまかった。虫プロダクションのスタジオを出ると、もう日が昇《のぼ》っていた。誰に見せるでもなく、嵩は両腕を突《つ》き上《あ》げた。

長年、劣等感《れっとうかん》に苦しめられてきた。

「漫画集団」の末席で、華々《はなばな》しく活躍《かつやく》する同業の先輩《せんぱい》や後輩《こうはい》を眺《なが》めて憧《あこが》れを募《つの》らせてきた。周りを見渡せば、自分より絵のうまい者はごろごろいる。それでも漫画家でいたいのだからと、己の才の乏《とぼ》しさを受け入れてきた。けれど、ひょっとして自分にはキャラクターを作る力はあるのかもしれない。

一九六九（昭和四十四）年六月十四日、『千夜一夜物語』は封切《ふうぎ》りされた。

「いやあ、できて良かった」

ヘラルド社の古川勝巳《ふるかわかつみ》社長がしみじみとつぶやき、胸を撫《な》で下《お》ろしていたのも感慨《かんがい》深《ぶか》い。

こだわりの強い手塚が途中で何度も手直しをしたせいで、封切り予定が遅れに遅れ、幻《まぼろし》の映画になるのではないかと気を揉《も》んでいたらしい。とはいえ、蓋《ふた》を開けると映画は大ヒットした。

「ちょっと当たり過ぎましたな」

古川社長は胸を反らし、高笑いしたのだった。

『千夜一夜物語』はその年の興行記録の五位につけた。手塚の狙《ねら》い通り、官能的な色気のある物語は大人たちを巻き込み、広く人気を博したのだ。

そのお礼にと、手塚に赤坂の料亭《りょうてい》へ招かれた。主役アルディンの声を演じた青島幸男《あおしまゆきお》もいる。

「お二人のおかげで大ヒットとなり、大変感謝していますよ。美術監督をやなせさんにお願いしたのは正解でした」

手塚治虫は上機嫌《じょうきげん》だった。

「いやあ。初めてのことばかりで苦戦したよ。虫プロの皆さんに助けてもらって、どうにかまとめることができたんだ。貴重な体験をさせてもらって、こちらこそお礼を言わせてもらうよ」

謙遜《けんそん》ではなく本心だった。何より、自分に自信が持てるようになったのが収穫《しゅうかく》だ。

「ヒットしたのはキャラクターが魅力的《みりょくてき》だったのが一番大きな要因だと、ぼくは思っているんです。アルディンがとにかく良かった。やなせさんの作ったキャラクターの造形《ぞうけい》と青島さんの声が醸《かも》し出《だ》す魅力が受けたんでしょう」

こんなふうに褒《ほ》められると、完成までの長い道のりが輝いて見える。週に三日、虫プロダクションへ通うのはきつかったが、引き受けて良かった。

「おかげさまで、興味深い体験ができました」

青島幸男も面映《おもは》ゆそうにしていた。

この青年は、手塚とはまた種類の違う天才だ。

自分で作っているテレビ番組に出て人気者になり、映画の製作、脚本、監督、主演をすべて一人でやり、その作品がカンヌ国際映画祭で国際批評家週間に入選した。類は友を呼ぶのか、手塚の周囲には漫画家に限らず、桁《けた》の違う才能の持ち主が集まっている。

「で、ぜひお礼をさせてください」

「ありがとう。おいしくいただいているよ」

料亭の料理は実に美味だった。ご馳走《ちそう》に与《あずか》ったのは嬉しいが、お礼なら既《すで》にもらっている。未知の世界に触れられたのは有意義だった。何より、自分にはキャラクターを作る力があると気づけたのは大きな収穫だ。ご褒美はそれで十分だと思ったのだが、手塚は別に礼を用意しているという。

「やなせさん、虫プロで短編映画を作ってみませんか」

望外な申し出に面食らった。

「それはいい。ぼくも観てみたいです、やなせさんの映画。きっと売れますよ」

「そうかな？」

青島に励まされ、嵩はその気になった。

帰りに英國屋《えいこくや》のお仕立券のお土産《みやげ》までもらい、嵩は有頂天《うちょうてん》で帰宅した。

翌朝。

「ぼく、映画を作るよ」

朝ご飯の席で暢に報告した。

「ひょっとして、手塚さんのところで？」

「そうなんだよ。スタッフも虫プロから出してもらえる。制作費用も手塚くん持ちだ」

「すごいじゃない。お祝いしなくちゃ」

「気が早いよ。映画はこれから作るんだ」

「前祝いよ。ヒットしたら、そのときにもお祝いしましょう。タキシードを誂《あつ》えたらどう？　英國屋さんで」

食後には暢が薄茶《うすちゃ》を立て、榮太樓總本舗《えいたろうそうほんぽ》の栗《くり》きんつばをいただいた。昨日、用事で出かけたついでに日本橋まで足を延ばし、買ってきたのだとか。

お腹をさすっていると、暢がバターの香りのするシガールを嵩の手に持たせた。

「どうぞ、一服」

「これはまた珍《めずら》しい煙草《たばこ》だなあ」

「試《ため》してみて。口どけが軽くて、あっという間に二本目に手が伸びるわよ」

「おぶちゃん、もう三本目だよ。中毒になってるじゃないか」

「だって、おいしいんだもの。ニコチンより癖《くせ》になるわね」

古巣の日本橋三越の一階にヨックモック一号店が誕生したのもこの年だった。

おいしいのはもちろんのこと、薄いブルー地に金色の唐草《からくさ》模様を配した缶《かん》が洒落《しゃれ》ていると、シガールは瞬《また》く間に人気を博した。嵩の古巣で売っているものだから、暢は買ってきたのだろう。

「こんなに食べたら、お腹が出ちゃうな」

「映画監督になるんだもの。少しくらい貫禄《かんろく》があったほうがいいわ」

虫プロダクションで映画を作ると聞いて、暢は上機嫌だった。

風呂から上がると、仏壇にもシガールが供えてあった。その隣に『やさしいライオン』のシナリオが置かれている。

そうか、わかってるのか。

暢は、嵩が『やさしいライオン』の短編映画を作ると察しているのだ。あの話は世間にも好評だったが、家の中にもブルブル贔屓《びいき》がいた。

「今までのあなたの作品の中で、あれが一番好きだわ」

暢はラジオドラマの放送を聞いて涙したと言う。

ふたたび虫プロダクションへ通う日々が始まった。

『千夜一夜物語』で得た知識と技術を駆使《くし》し、スタジオの片隅《かたすみ》で作った『やさしいライオン』は一九七〇（昭和四十五）年に封切られた。

三十分足らずの短い作品で、監督、演出、脚色《きゃくしょく》の三役を嵩がつとめた。

総勢八百名のスタッフを動員した『千夜一夜物語』と比べると素朴《そぼく》な、ごくささやかな物語だが、自分では満足しているし、手ごたえもあった。

晴れがましいことに、『やさしいライオン』は、同年の毎日映画コンクールで、短編アニメーションに与えられる「大藤信郎《おおふじのぶろう》賞」を受賞する。

「良かったな」

受賞が決まったとき、嵩は子ども時代の自分に声をかけた。

世を拗ねていたあの少年が、五十を過ぎて陽の目を浴びた。

ぼくには才能がない。

今も変わらずそう思っている。

木でいうなら、檜《ひのき》ではなく朴《ほお》ノ木。安い下駄《げた》の歯に使えると重宝されるものの、高い値はつかない。でも、そんな嵩の作品に拍手《はくしゅ》を送ってくれる人々がいる。

アトリエに籠り、ゆっくり半生を顧《かえり》みた。

この頃は鏡を見るたびに驚く。いつの間にか皺も白髪《しらが》も増えて、どこからどう見ても中年だ。

叶《かな》わなかった夢はいくつもある。求めても手に入らないもののほうが多かった。仕事のことだけではない。とうとう暢との間に子はできなかった。

走れ、ブルブル。光の矢のように。これからも、ずっと。

映画が封切られる前の年に『やさしいライオン』はフレーベル館という出版社から、絵本として出版された。映画がヒットして賞をもらったこともあり、売り上げも好調なようで、次の作品を打診《だしん》されている。

この先もっと、面白《おもしろ》いことができそうだ。

「よーし」

張り切ってアトリエの窓を開け、月に向かって雄叫《おたけ》びを上げると、暢が眉《まゆ》を吊《つ》り上《あ》げて飛んできた。

「もう！　ブルブルじゃないんだから。撃《う》ち落《お》とすわよ」

「はい」

仕方ないな。今日は早めに休んで英気を養うことにしよう。

ブルブルの先へ行くために。

新しい仕事を始めるのだ。

4

懐かしい日々がくるくると目の前によみがえり、ゆっくり速度を落としていく。アルバムの写真の中に入って、ひととき昔に戻《もど》って思い出を辿るような、そんな長い夢を見ていた。

「おぶちゃん、聞こえているんだろう？」

嵩さんが話しかけてくる。

呼び方は昔と同じ。でも、声はもう五十代のそれではなかった。暢を包む手もかさかさとして脂気《あぶらけ》が抜けている。

「昨日は『やさしいライオン』の映画を撮《と》ったところまで話したっけ」

さっきまで走馬灯を見ていた気がしたのに、途中からは嵩さんの思い出話を聞いていたようだ。昏睡《こんすい》状態のまま夜が明け、暢は無事に次の日を迎えたらしい。

良かった。わたしはまだ生きている。

『やさしいライオン』を世に送り出した後、嵩さんは精力的に詩を書いた。

思いの丈《たけ》を素直《すなお》な言葉で綴《つづ》り、そこに自分で絵をつける。

それまでも漫画と並行《へいこう》してノートに自作の詩を書き留めていたものを自費出版した

のがある人の目に留《と》まり、商業出版の誘いを受けた。

山梨シルクセンターという会社で、社長をつとめる辻信太郎《つじしんたろう》だ。

彼は嵩さんがラジオ向けに作詞した詩を集めて『愛する歌』とタイトルをつけて刊行した。抒情的《じょじょうてき》でストレートな詩は女性を中心に人気を博し、サイン会まで開いた。

「あのときは申し訳なかったよ。詩を書いているのがぼくみたいなおじさんで」

本当は嬉しかったくせに。嵩さんはシャイだから、すぐにこうやって自分を落として笑いを取ろうとする。

辻社長は旧制桐生《きりゅう》工業専門学校に在学中、十七歳のときにたまたま帰省していた故郷の甲府《こうふ》で空襲《くうしゅう》に遭い、九歳の妹を背負って焼夷弾《しょういだん》が降る中を逃げた人だ。燃え盛る炎《ほのお》を避けて汚水の流れるどぶ川に入り、夜が明けるまでに人が次々と死んでいくのを見たという。家族はどうにか逃げ延びたものの、五百年続く、旅館や料亭を営んでいた旧家だった生家は全焼《ぜんしょう》したと聞いている。戦争だから仕方ない。周囲の人々に言われても、辻社長は納得《なっとく》しなかった。

「辻さんに出会えたおかげで、『詩とメルヘン』を出せたんだよな」

辻社長は戦後、勤めていた山梨県庁を「どうしても戦争をなくすために、みんなが仲良くなるための仕事をしたい」と言って辞《や》めた変わり者だ。

そうして作ったのが資本金百万円、社員三名の山梨シルクセンター。

小さな贈り物で、世界中が大きな笑顔になれるように。

辻社長が嵩さんに目をつけたのは当然だ。二人は同じ志を抱いているのだから。

嵩さんが監修《かんしゅう》をつとめる季刊誌『詩とメルヘン』が誕生したのは一九七三（昭和四十八）年、この年に山梨シルクセンターはサンリオと改名している。

暢も辻社長が大好きだ。

「可愛《かわい》い小さなもので、病気や貧困《ひんこん》で困っている人たちを笑顔にしたいんです」

そんなことを大真面目《おおまじめ》な顔で語る辻社長は、翌年一九七四（昭和四十九）年にハローキティとパティ&ジミーのキャラクターを制作、たちまち会社を大きく成長させていく。

「辻社長に、詩の雑誌を作らせてくれと頼もうと思うんだ」

あるとき嵩さんは言い出した。

年に四回の季刊誌で、書き手は無名の詩人。ガリ版刷りの同人誌の中から有望な人を見つけ、自分で編集するという。

思えば、あれがきっかけだった。

無名の書き手の紡《つむ》ぐ詩の合間に、嵩さんは自作の漫画やメルヘンを散りばめた。

その中でアンパンマンは生まれたのだ。

初めて会ったときの嵩さんの涙。飢《う》えた兄弟にパンを与えたそのときから、物語は始まっていたのかもしれない。

長い時間はかかったけれど、嵩さんは新しいヒーローを作った。

妻として、やなせたかしの漫画家人生に伴走《ばんそう》できたことは幸せだ。

でも、もしやなせたかしが売れなくても、それはそれで幸せだったと思うのだ。

愚痴を言ったり、同業者を羨《うらや》んだりしながらも諦めず、こつこつ仕事をする姿を眺めて過ごす人生も豊かだったに違いない。

大丈夫。

きっといつか笑える日が来る。

そりゃあ、しばらくは意気消沈《いきしょうちん》して仕事も手につかなくなるかもしれないけれど、いずれ嵩さんは気を取り直してアトリエに戻っていく。

嵩さんはたくさんの人を亡くしてきた。実の両親に弟、育ての両親。

それでも何だかんだと立ち直り、歩き続けてきたことを暢は知っている。

そう。人はしぶといのだ。妻が死んでも人生は続く。

真面目にやっても報《むく》われず、ずるい人が得をする。そういう理不尽な世の中だからこそ、新たなヒーローを生み出したのだろう。

生きていくために。

『やさしいライオン』の次に、優しい世界を描きたくなったんだ。理不尽な現実を生きていくために、絶対に逆転しない正義の物語を」

嵩さんの手に力が籠った。

「ぼくは才能がないから、大勢の人に追い越された。足は速くないし、喧嘩《けんか》もちっとも強くない。だから巨大《きょだい》な悪を倒すことはできない。その代わり、弱っている人には手を差し伸べられる。一人くらい、そんなヒーローがいてもいいと思ったんだよ」

それがアンパンマンだった。

最後の思い出話が始まる。

5

一九七三（昭和四十八）年、嵩はフレーベル館の月刊絵本『キンダーおはなしえほん』十月号の中で『あんぱんまん』を掲載《けいさい》してもらった。

「お腹を空《す》かせている人のところへ飛んでいく、そんなヒーローです」

難しい顔で腕組みをする担当編集者に、そう説明した。

あんぱんまんは、かねて温めていた主人公だ。

初めて世に出したのは一九六〇年代のラジオのコント番組の中だ。ほんの脇役《わきやく》で世間の話題にはならなかったが、その後、一九六九（昭和四十四）年には童話を連載していた月刊誌の『ＰＨＰ』に登場させている。

といっても、このときの初代は顔があんぱんではなかった。マントをつけた小太りのおじさんだった。パンを焼くのも自分で、そのためにマントには焼《や》け焦《こ》げがある。


「このおじさんがヒーロー？」

数年前、『ＰＨＰ』に載《の》せた初代アンパンマンを見せたときは、暢も面食らったようだ。

まあ、世間でもてはやされているヒーローとはだいぶ違う。マントをつけているのはスーパーマンと同じだけれど、こちらは団子鼻のおじさんだ。お腹のところからあんぱんを出して、子どもたちに配って回る。

「いいんじゃない？」

絵本を読み終わった後、暢は言った。

「わたしは好きよ、アンパンマン。見るからに弱そうなところが面白《おもしろ》いわ」

嬉しかった。

「ぼくもそう思うんだ。嬉しいな。おぶちゃん、結婚《けっこん》してくれよ」

「もうしてます」

というやり取りがあったのだが、それはさておき。

弱いヒーロー。

それが一番のこだわりだった。

強くなくていい。あまりに大きい力は暴力を生む。

戦争は正義のための闘《たたか》いのはずだった。嵩は中国の民衆を守れと言われ、戦地へ赴《おもむ》いた。それが途中から侵略《しんりゃく》戦争になった。正義は誰の目線で見るかによって変わる。こちら側では悪に見えているものが、あちら側では正義。そういうことが平気で起きる。つまり戦争には真の意味での正義はない、というのが嵩の持論だ。

だから、弱いヒーローにした。

「あんぱんねえ」

「パンは外国、餡子《あんこ》は日本のもの。万国《ばんこく》で通用するヒーローなんです」

「ヒーローと呼ぶには地味じゃないかなあ」

「そこがいいんです。派手なヒーローは、怪獣《かいじゅう》を倒すときに町を壊《こわ》すでしょう。あんぱんまんは誰も傷つけない」

「はあ」

「家を壊された人は迷惑ですよ。あんぱんまんはお腹が空いて弱っている人を助けるんです。敵も味方も関係なく。自分が空腹でもね。正義を貫《つらぬ》くには、ときに自己犠牲《ぎせい》を伴《ともな》うんです」

「うーん」

担当編集者は腕組みをしたまま、眉根《まゆね》に皺を寄せている。

どうも狙いが伝わらないようだ。

「子どもにそんな難しいことはわかりませんよ」

「なに、簡単ですよ。敵がお腹を空かせていたら、顔をちぎって差し出す。それだけだ」

「顔を食べられたらおしまいじゃないですか」

「平気です。あんぱんですから。顔をちぎって渡しても、いくらでも新しいものを焼いて、付け替えられます。こんなヒーロー、見たことないでしょう？　子どもたちは面白がりますよ」

と、意気込んで刊行した『あんぱんまん』だったが、評判は良くなかった。

「まあ、こうなることはわかってましたけどね」

担当編集者は苦い顔でため息をついた。

「やなせさんの熱意に圧倒されたのがいけなかった。やっぱり、あんなものは出版すべきではなかったですね。人に顔を食べさせるヒーローなんて残酷《ざんこく》ですよ。わたしの周りでも、みんなそう言ってます」

絵本の中で、あんぱんまんは顔が半分になった状態で空を飛ぶ。

そのシーンが怖いのだという。どうしてこんなものを出したのだと、出版社には絵本を買った読者から苦言が寄せられているのだとか。

それだけではない。

「こんなくだらない絵本は図書館に置くべきではない」

評論家には、こっぴどく酷評《こくひょう》された。

「やなせさん、どうしちゃったんですか。せっかく『やさしいライオン』で賞も取って、好いイメージがついていたのに台無しですよ。もう『あんぱんまん』はこれきりにしてくださいね」

担当編集者にそこまで言われては封印《ふういん》するしかない。

やむを得ず、嵩は次作の刊行を断念した。

駄目だったか。

やはりテレビの人気者みたいなヒーローがいいのか。

わかりやすく強く格好いいものに惹《ひ》かれる気持ちはわかる。

でも、みんな同じではつまらない。広い世界に一人くらい、弱いヒーローがいてもいいだろうに。

五十を過ぎて少々面の皮も厚くなってきたのか、嵩はさほど凹《へこ》まなかった。

フレーベル館で刊行するのは無理でも、自分が編集長をつとめる『詩とメルヘン』の中でちょっと描くのはいいだろう。嵩は『ガンバリルおじさん』や『キラキラ』といった絵本を刊行する一方、懲《こ》りずに熱血メルヘン怪傑《かいけつ》アンパンマンを『詩とメルヘン』の中で連載していた。

まあ、黙殺《もくさつ》されていたのだが。

そういう無茶《むちゃ》ができたのも、ひとえに『詩とメルヘン』の売れ行きが順調だったからだ。サンリオの大発展の陰《かげ》に隠《かく》れて目立たなかったが、季刊誌で始めた『詩とメルヘン』は順調だった。

――どうせすぐ廃刊《はいかん》するよ。せいぜい三号までだろう。

周囲にはそう噂されていたようだが予想を裏切り、『詩とメルヘン』は売れた。

実際、出版界でも驚かれたみたいだ。

創刊の一九七三（昭和四十八）年、長く続いていた高度成長にストップがかかった。十月には、第四次中東戦争の煽りで原油価格が七十パーセントも高騰《こうとう》し、物価が急上昇《きゅうじょうしょう》して第一次オイルショックが起き、通商産業大臣は「紙を節約するように」と国民へ呼びかけた。

トイレットペーパーの買《か》い占《し》めが起こり、家では暢もスーパーマーケットへ走った。

当然、出版界にも大きな影響《えいきょう》が及《およ》び、紙もインクも不足して、各紙大幅にページ数を減らした。そんな中、『詩とメルヘン』は季刊誌から月刊誌となったのだ。

売れる見込みがあれば、出版社は本を出す。

さんざん酷評を突き付けられた『あんぱんまん』だが、幼稚園《ようちえん》や保育園では売れていた。

二年後の一九七五（昭和五十）年に、フレーベル館は『それいけ！ アンパンマン』と改名した上で、市販の絵本として刊行してくれた。

さらに一九七六（昭和五十一）年。

いずみたくが連絡してきた。

「やなせさん、『アンパンマン』をミュージカルにしようよ」

これには驚いた。

「子ども向けの絵本だよ？」

「それを大人向けにアレンジするんだ。面白いと思うな」

簡単に言うけど、うまくいくだろうか。人気が出たと言っても幼児限定。大人は『アンパンマン』を認めていない。

が、乗ることにした。迷ったときは前に跳ぶ。今までと同じだ。

結果、これが大正解だった。

嵩が脚本を書き、十月に大人向けミュージカル『怪傑アンパンマン』が六本木のフォンテーヌビルの地下劇場で上演された。この初演を見て、はっと気づいたのだ。『アンパンマン』には大事なものが欠けていると。

悪役だ。

物語を面白くするには敵が欠かせない。光と影だ。幼児向けの絵本を描いているときには気づかなかったことが、大人向けのミュージカルを観てひらめいた。

パンの敵といえば菌《きん》だろう。

つまり黴《かび》だ。悪役は黴菌《ばいきん》がいい。

昔、東京田辺製薬《とうきょうたなべせいやく》時代に描いたことのある、槍《やり》を持った黒い生きものをもとに、ばいきんまんは生まれた。これでいい。正義は悪と共にあるのだ。

「ハーヒフーヘホー」

この台詞もミュージカルで生まれた。

ばいきんまんが「ハーヒフーヘホー」と言うと、会場のお客さんが大笑いする。「ラーリルレーロー」や「ガーギグーゲゴー」では駄目で、「ハーヒフーヘホー」のときだけ大爆笑。ミュージカルの良いところは、生でお客さんの反応がわかるところだ。

こうして、ばいきんまんのお決まりの台詞が生まれた。

それより早く誕生していた、しょくぱんまんやカレーパンマンも含め、アンパンマンは仲間を増やしていく。

『キンダーおはなしえほん』六月号での掲載を経て、一九七八（昭和五十三）年に『あんぱんまんとごりらまん』、翌一九七九（昭和五十四）年には『あんぱんまんとばいきんまん』が刊行された。

そんなある日。

「散歩に行くけど、どうする？」

夕方前、暢がアトリエに顔を出した。

「ぼくも行くよ」

ちょうど一休みしようとしていたところだ。大きく伸びをして、犬のリードを手に二人で散歩に出た。

春に差しかかる頃で、空は穏《おだ》やかに晴れていた。

「あ、そうだ。フィルムを切らしていたんだった」

歩き出してすぐ、嵩は思い出した。散歩コースの途中にカメラ店があるから、途中で寄って買えばいい。単純にそう思って店に入ると、若い店主に声をかけられた。

「あ、先生。いらっしゃい」

妙に愛想《あいそ》がいい。

「先生の『アンパンマン』、読んでますよ。うちの坊主《ぼうず》が大のお気に入りでね。毎晩寝る前に読んでほしいとせがまれるものだから、ぼくもすっかり覚えちゃいました」

「そうかい、ありがとう。そんなふうに言ってもらえると嬉しいよ」

カメラ店を出た後、暢に肘《ひじ》を突《つ》かれた。

「良かったわね」

「びっくりしたよ。あの絵本で褒められたのはこれが初めてだ」

何しろ大人には酷評された曰《いわ》くつきの絵本だ。

嵩がしきりに首をひねっているのに対し、暢は落ち着いていた。

「小さな子には良さがわかるのよ。今にもっと人気が出るわ」

などと言って澄まし顔をしている。

「生きているうちにそうなりたいものだね。ゴッホみたいに死んだ後に有名になるんじゃなくてさ」

「なるわよ、絶対。だって——」

そのとき暢が何か言いかけたが、横道から犬が飛び出してきたのにびっくりして、話は中途半端に終わった。

歩き慣れた近所の道で、思わず暢の手を取った。

照れくさくなってすぐにほどいた後にも、ほんのり手の中に体温が残る。

歩き慣れた道で、風は梅のにおいをはらんでいた。見上げると、枝先で小さな蕾《つぼみ》がふくらみ、春の日差しをつんつん弾《はじ》いている。

じきに咲《さ》くな。

花のことを思ったのだが、後にして思うと自分のことでもあった。これが奇跡《きせき》の始まりだった。嵩は大きな転機を迎えていたのだ。


「やなせ先生。次もアンパンマンでいきましょう！」

フレーベル館の編集者が訪ねてきて、えびす顔で菓子折りを差し出す。

「へえ、いいのかい？　顔を食べさせるのは残酷で気持ち悪いんだろ」

「何をおっしゃいます。アンパンマンの最大の魅力はそこですよ。惜《お》しげもなく自分の顔をちぎって渡すなんて、そんなヒーローはどこにもいません」

前とずいぶん言うことが違うとは思ったが、まあいい。

カメラ店で声をかけられたのを皮切りに、その後も似たようなことが立て続けに起きたこともあり、編集者から依頼が来るのは予想していた。

幼稚園や保育園で『アンパンマン』の絵本は大人気なのだという。

出版社にも「次の絵本はいつ出ますか？」と問い合わせがたくさん来ているらしい。

「うちの園では『アンパンマン』が大人気なんです」

地方へ講演に行ったとき、幼稚園の先生にも言われた。

各地の図書館でも『アンパンマン』は常に貸し出し中で、幼児が熱心に読むものだからすぐにボロボロになり、補修が追いつかないらしい。

かくして全国の二、三歳児の間で火がつき、『アンパンマン』は一躍《いちやく》子どもたちの人気シリーズになった。一般《いっぱん》の書店に並べず、幼稚園や保育園へ直接販売する方式で売っていたのが幸いして、小さな読者のもとに届いたのだ。

「ね？」

編集者が帰った後、暢は言った。

「わたしの言った通りでしょう。小さな子には良さがわかるのよ。今にアンパンマンは日本中に知られるヒーローになるわ」

「そいつは怖いな」

嵩は他の仕事を脇に置き、『アンパンマン』に集中した。

6

アンパンマンに人気が出て以降、時間が瞬く間に過ぎていった。

一九八五（昭和六十）年、嵩は六十六歳になった。仕事に追われるうちに還暦を過ぎ、気づけば六十代も半ばを迎えている。

子どもがいないと変化を察しにくいが、世間的には立派な年寄りだ。今のところ夫婦二人とも大病に罹《かか》ることなく元気にやっているが、周囲には亡くなる人も増えてきた。自分ではまだまだと思っているが、いつどうなるかわからない。

我ながらよく頑張った。

日本橋三越を三十二で辞めて三十年余り、ひとときも休まず駆《か》けてきた。最初は大不評でけなされてばかりのアンパンマンは、幼い子どもたちの人気を博してシリーズを重ねている。

漫画賞から無視されているのは変わらないが、もう気にしていない。

やなせたかしと言えばアンパンマン。

幼児限定ではあるが、代表作と称していいだろう。貯金もできた。漫画家としてはもう旬を過ぎた歳だ、これからは夫婦でのんびり海外へ旅行したり、仕事とは関係ない絵を描いて隠居生活を楽しもう。

同じ頃、四谷の一軒家を手放し、マンションへ移った。

田舎育ちで地面のついた家のほうが落ち着くが、防犯や修繕《しゅうぜん》の手間を考え、そうすることにした。

生活も夜型から朝型に変えた。

朝は早く起きて犬の散歩へ行く。毎日のことで、似たような年格好の犬仲間もできた。

道で行き会うと、白内障の話で盛り上がる。正真正銘《しょうしんしょうめい》の年寄りになったと、つくづく思うこの頃だ。

しばらく前から左目がかすみ、仕事をするのが辛《つら》いのだ。犬を連れて信号待ちをしているときも、右目をつむると色を判別できない。そんな状態で漫画を描いているものだから疲れやすく、このところ注文が来ても断ることが増えた。ずっと「困ったときのやなせさん」でやってきたというのに、寄る年波には勝てない。

などと思っていたところ――。

「アンパンマンをアニメ化させてください」

マンションに東京ムービー新社社長の加藤俊三《かとうしゅんぞう》が訪ねてきた。

「どうかな。アンパンマンは絵本だよ。アニメにするのは難しいんじゃないかな」

「キャラクターに魅力があるので心配いりませんよ」

加藤社長は自信満々だが、嵩は乗り気になれなかった。

これまでにも、NHKを始めとして各社からアニメ化のオファーは受けているのだ。が、結局どれも最終段階で中止となった。加藤社長は簡単に言うが、幼児向けの絵本をアニメにするのは無理がある。

少し前にも日本テレビ映画部の武井英彦《たけいひでひこ》プロデューサーからも同じ話が来ていた。映像化のオファーはほとんど実現化しないのが常、どうせ今回も直前でキャンセルになるのは目に見えていたが、半分くらいは今度こそ、と懸《か》けていた。

とはいえ、オファーを受ければ仕事が増える。

白内障を患《わずら》っている身で無理をするのは不安だが、加藤社長も武井プロデューサーも熱心だった。

「わたしが責任を持って実現させますから、どうぞ許可をください」

「口で言うのは簡単だがねえ」

断ってもしつこいから了承したものの、案の定、話は進まなかった。

企画会議を経てゴーサインが出ても、「幼児向けの絵本が原作では視聴率が取れない」だの、何だかんだと横槍が入って話がつぶれ、また一からやり直し。

耐性はついているが、話が頓挫《とんざ》するたび「あーあ」と落胆するのはきつかった。それでも細々と企画は進んでいたが、話をもらって二年が過ぎ、嵩はすっかり諦めの境地にいた。

しかし、生きていると何が起きるかわからない。


「決まりましたよ！」

日本テレビの武井プロデューサーから連絡が来た。延期に次ぐ延期で、もはや中止になったと思っていた、アンパンマンのアニメ放映開始日が決まったというのだ。

放映開始は一九八八（昭和六十三）年十月と決まった。

「えーと、本当ですか？」

思えば、一九八五（昭和六十）年に話を持ちかけられて以来、これまで何度となく、同じやり取りをしたことだろう。

嵩は六十九、年が明けて二月の誕生日がくれば七十になる。いい加減、ぬか喜びするのもくたびれた。

「はい！　今度こそ本当です！」

番組のタイトルは『それいけ！　アンパンマン』。

そう聞いても半信半疑だったが、番組は自主制作で、放映は月曜の夕方五時から、関東ローカル局のみと聞き、嵩もようやく納得した。夕方のその時間帯は視聴率が取りにくく、他局も再放送番組しか放送していない、期待値の低い枠《わく》なのだ。

まあ、試しにやってみよう、ということか。

武井プロデューサーの熱意に負け、テレビ局の上層部がその条件なら、と認めたのだろう。

「あの時間帯は何をやっても二パーセントしか取れないんです。そのつもりで、あまり期待しないでください」

いざ具体的な話を説明する段になると、決定連絡のときとは打って変わり、武井プロデューサーは冷静だった。

放映は全二十四回の半年間の予定でスタート。せめて一年は続けたい。

とはいえ、昭和天皇が闘病中という世相を反映して新番組スタートの記念イベントは自粛《じしゅく》、派手な宣伝も打てずに、アンパンマンの旅立ちは実に地味だった。


「良かったわね、おめでとう」

アニメ化が決まったと伝えると、暢はもちろん喜んだ。

「ここまで相当の長旅で、もう疲れちゃったよ」

「そんなこと言わないで。いよいよ船出じゃない」

暢は夕ご飯にご馳走を並べた。しかし。

「どうしたんだ。食べないのかい？」

「胸がいっぱいなの。ようやくアニメ化が決まったと聞いて、わたしも感激しているのよ」

と、笑顔を浮かべるのだが、目に力がない。

あらためて観察すると、顔も一回り小さくなったようだ。

「食欲がないって、どこか具合が悪いんじゃないのか。病院へ行ったほうがいいぞ」

「平気よ。あなたと違って、わたしは丈夫だから」

白内障に続き、嵩は尿管結石《にょうかんけっせき》を患った。

血尿が出たのを機に発覚して、粉砕《ふんさい》手術を受けた。トイレで大騒ぎして入院したときも、暢は付《つ》き添《そ》ってまめまめしく面倒を見てくれたのだが、思い返してみればその頃から元気がなかったかもしれない。

未熟児生まれを自称し、風邪《かぜ》を引いただけでも大袈裟《おおげさ》に寝込む嵩と違い、暢は健康だった。

山登りと犬の散歩で鍛《きた》えて足腰も強く、家事を一手に引き受けてきた頼もしい妻だ。当然、自分より長生きすると信じていた。その考えが甘かったのだ。

「明日、病院へ行こう。尿管結石を受けた先生に頼んで、予約を入れるよ」

「大袈裟ね。たまたま食欲がないだけよ」

「そんなこと今までなかったじゃないか。ちゃんと調べないと」

「わたしのことはいいから、あなたはお仕事のことだけ考えていてちょうだい。念願のアニメ化じゃないの。また忙しくなるんでしょう？　手塚さんのところでお仕事をしたときは大変だったもの」

物を食べられないほど弱っているのに、自分のことより夫の体を案じる妻がいじらしい。

アニメ制作現場の過酷《かこく》さは虫プロでも経験した。この歳では、もうあんな無茶はできない。嵩は武井プロデューサーに連絡し、アニメ化では原作提供のみで制作にはタッチしないと伝えた。

が、いざ試写ができあがってみると、

「これじゃ駄目ですよ」

つい口うるさく指摘してしまう。

下手にアニメ制作を舵《かじ》ったことがあるせいか、自分から「タッチしない」と宣言した割に、毎週試写ができるたびに調布の現像所まで通い出した。結局、黙《だま》って任せられる性分ではないのだ。

「病み上がりなんだから、あまり無理しないで」

暢には体調を懸念されたが、止められなかった。

分の悪い枠をあてがわれたアンパンマンにどうにか光を当ててやりたく、熱心に頑張ってしまった。そんなことをしていたのがいけなかった。十二月のある日、調布の現像所から戻ると、リビングで暢が倒れていた。

余命三カ月。

東京女子医大で診断を受けたときには、既に手遅れだった。暢は乳癌《にゅうがん》に侵《おか》されていた。

アンパンマンのテレビ放映がスタートした二カ月後のことだった。暢は即日入院、すぐに手術も受けたが、結果は芳《かんば》しくなかった。

「お気の毒ですが――」

術後、嵩は担当医に呼ばれ、説明を受けた。

もう全身に癌が転移しており、ステージで言うと第四期の末期。

初期なら完治したと思うが、肝臓《かんぞう》にまでびっしり癌が広がっている状態では、手の施《ほどこ》しようがないのだという。

まさか、それほど悪いとは。

懸命に説明を聞いているつもりなのに、ちっとも頭に入ってこない。膝《ひざ》が勝手に震えて、手のひらで押さえても止まらなかった。

その日、どうやって家へ帰ったのか憶《おぼ》えていない。暢にはとても言えず、黙って病院を後にした。

自分の体の心配ばかりして、ちっとも妻を省《かえり》みなかったことが悔やまれる。

もとから細い暢が痩せてきたことが気になっていたのに、たぶん大丈夫だろう、と自分に言い聞かせて放っておいたのがいけない。もっと早く、初期のうちに病院へ連れていけば治してやれたのに。

そうだ　うれしいんだ
生きる　よろこび
たとえ　胸の傷がいたんでも

自宅で一人、テレビを見ながら嵩は泣いた。

初めて歌詞を見せたときには、「ずいぶん重いですね」と、武井プロデューサーも驚いていたが、嵩は譲《ゆず》らなかった。

作曲家の三木《みき》たかしが子ども向けアニメ番組にふさわしい陽気なメロディーをつけ、『アンパンマンのマーチ』は完成した。

なんのために　生まれて
なにをして　生きるのか

嵩が己の胸に問い続けてきたことだ。

この歌詞を書いたときには、暢が大病で余命いくばくもないとは夢にも思わなかった。

一九八八（昭和六十三）年十月三月、予定通り『それいけ！　アンパンマン』は放映を開始、地味な旅立ちだったが、大方の予想を裏切り視聴率七パーセントを取った。夕方五時の時間帯では考えられない快挙だ。

武井プロデューサーを始め、制作陣は大喜びした。むろん嵩もその一人だ。アンパンマンがアニメ化されたことは嬉しい。でも、手放しには祝えない。悲しみが大き過ぎて、笑っていても胸の傷が痛む。自分で書いた詩の通りだ。

暮れも押し迫った十二月二十六日、暢は東京女子医大を退院した。

「車に乗って帰ろう。寒いし、くたびれるだろう」

「いいの。歩いて帰りたい。生還《せいかん》した喜びを噛《か》みしめたいのよ」

暢はタクシーを捉まえようとする嵩を制し、歩きたがった。病院から自宅までは徒歩三十分、病み上がりには厳しい距離だが、言い出すと聞かない。

「入院で鈍った体を少しは動かさないとね。病院と家が近くて良かった。わたし、運がいいみたい」

「うん」

「やだ。駄洒落《だじゃれ》？」

「……はは、まあね」

コートを着ると、痩せたのがより目立った。肩が薄くなって尖《とが》り、腕も背中もぶかぶかだ。それでも暢は軽やかな足取りで、踊るように歩くのだ。

「もうじき信号が変わるわね。走る？」

と、嵩を見上げて駆け出そうとする。

はちきんの暢がいじらしくて、鼻の奥がつんとした。

「いいよ。競争しようか」

嵩は涙をぐっと堪《こら》えて押し戻し、自宅まで暢と駆けっこをした。といっても七十と六十九の夫婦で片方は病後、傍から見たらヨロヨロしているようにしか見えなかっただろうが、暢は楽しそうに笑っていた。

翌年、一九八九（昭和六十四）年一月に昭和天皇が亡くなり、元号が平成に変わった。

元旦には夫婦でお屠蘇《とそ》を酌《く》み交《か》わし、新しい年を始めた。

術後間もない顔に薄化粧を施した暢は、正月からよく笑った。

「やっと病院食から解放されたんだもの、おいしいものをいただきたいわ」

と、ご馳走に箸を伸ばし、ついでに冷蔵庫からビールを出してきた。

「おいおい、無理するなよ」

「一杯だけだもの」

正月明けにはお茶のお稽古《けいこ》も再開し、暢は日常生活を取り戻した。

月曜の夕方五時には夫婦でテレビの前に座り、アンパンマンのマーチを歌った。

「あなた、下手ねえ」

「仕方ないだろ。音痴《おんち》は父さん譲りなんだ」

嵩の音痴をからかう暢は、すっかり本調子に見えた。

実際、顔の血色も良くなり、太ってきたのだ。出会って以来、スリムな姿しか見たことがなかったが、年が明けて、暢の顔が丸く膨らんできた。顎など二重にくびれ、どこかマダム然としているではないか。

東京女子医大の担当医も驚く回復ぶりだった。

「抗癌剤が利きましたね」

いや、丸山《まるやま》ワクチンだよ。

担当医には言わなかったが、嵩はそう信じていた。漫画家仲間の里中満智子《さとなかまちこ》に教えられた、丸山ワクチンを一日おきに皮下注射してきた効き目が出たのだ。東京女子医大の担当医はあまりいい顔をしなかったが、頼みを聞き入れ打ってくれた。

まあ、何が利いたのでもいい。

ともかく暢が元気になれば万々歳だ。

その年の二月、手塚治虫が亡くなった。胃癌だった。

翌三月には、なんと『それいけ！　アンパンマン』が文化庁テレビ優秀映画に選ばれた。アニメ化が決まってもなお、「顔をちぎって食べさせるなんて」とテレビ局内でも酷評され、何度も頓挫を繰り返してきたアニメ漫画が名誉に与った。

日本漫画家協会大賞も受賞した。七十一でようやく、長年憧れていた文学賞をついにもらったのだ。

もし手塚治虫が生きていたら、

——やなせさん、やりましたね。

と祝ってくれたことだろう。手塚との縁で『やさしいライオン』を短編映画にして世に送り出せた。ありがたい仲間だったとつくづく思う。

文化庁に選ばれたのを機に、関東ローカルだった『それいけ！　アンパンマン』は全国放送になった。時間帯は同じく夕方だったが、多くのスポンサーがついた。テレビの影響で絵本の売れ行きも伸び、発行部数一千万部を突破した。これにより、日本テレビのアニメ制作スタッフが局長賞の栄誉《えいよ》に輝いたことは嬉しかった。

それ以上に、暢が体力を取り戻したことが何より嬉しい。

「また山へ登りにいくけど、あなたも来る？」

治療中ながらすっかり元気になって、そんなことを言うのだ。

願わくば、ずっとこのまま穏やかな時間が続いてほしい。

アンパンマンが世に認められて身辺が賑《にぎ》やかになっていく裏で、嵩はひっそり祈っていた。名誉や実益より、妻と共に過ごせる時間がいとおしい。

退院した後も、暢は抗癌剤治療を続けていた。

副作用で髪が抜けても気丈に笑顔を見せていたが、こっそり涙していたことを嵩は知っている。

それだけに、一九九一（平成三）年、文化庁から勲四等瑞宝章《くんよんとうずいほうしょう》を受章したことはありがたかった。訪問着の暢と二人、五月に国立劇場で開かれた勲章伝達式に出席できたことが晴れがましい。

「わたしまで出ていいのかしら。妻というだけなのに」

「当たり前だろ。一緒に出てくれないと、ぼくは緊張してスピーチができないよ」

遠慮《えんりょ》する暢と並び、記念写真を何枚も撮ってもらった。淡い色の訪問着に錦織の帯を締め、新調したモーニングではにかむ嵩の隣で、暢は珍しく生真面目《きまじめ》に唇を結んでいた。

十一月には秋の園遊会にも出席した。

このときもモーニングと訪問着で出かけたのだが、暢は終始きょろきょろと辺りを見回していた。

何かと思えば、

「ふふ、わたしの訪問着が一番だわ。あなたのおかげね。ありがとう」

などと、はしゃいでいる。

この日も嵩は浮かれていた。モーニングを着るのも二度目となれば慣れてきて、

「本当はアンパンマンの衣装で出席するつもりでした」

お声をかけてくださった天皇陛下にそんな軽口も叩いたのだから、我ながら軽薄だ。隣で暢が上機嫌に過ごしているので安心していたのだ。

七月には、赤坂プリンスホテルで「アンパンマンの勲章を見る会」を開催した。フレーベル館の作った張りぼてのアンパンマンカーに乗って登場し、ステージで覚えたての魔術《まじゅつ》を披露《ひろう》し、大盛り上がりだった。

「パーティって面白いのね。せっかくなら、わたしのお友だちも招待すれば良かった」

暢は笑いながら、しんみりつぶやいた。

「だったら、もう一度パーティを開こう。そのときには君の友だちを全員招待するよ」

どうか元気でいてほしい。

そのために何ができるだろう。

考えながら今年、――一九九三（平成五）年を迎えた。フレーベル館からアンパンマンの絵本を刊行してちょうど二十年目の節目に当たる。

暢に約束したパーティは、「アンパンマン二十周年の未来を祝う会」と名付けた。

計画を聞かせると、暢は目を大きくして驚いた。

「本当にやるのね」

「やるとも。約束したんだから」

「嬉しい。新しい訪問着を作ろうかしら」

「そうしなよ。せっかくだし、うんと高いのを作るといい」

次のパーティでは、遊園地のＳＬマンを走らせるつもりだった。前回アンパンマンカーで登場したとき以上に盛り上がるに違いない。パーティの開催日は七月三日と決まり、嵩は暢を笑わせたい一心で懸命に準備を進めた。

しかし。

暢は出席が叶わなかった。

自宅では訪問着を並べ、どれを着ようかとその日を楽しみにしていたのに、梅雨に入った頃から急激に体調が悪化し、動けなくなったのだ。

パーティ当日、嵩は主役として笑顔でＳＬマンに乗った。

招待客の歓声に手を振って応える。赤坂プリンスホテルの大会場には、暢の友だちも出席していた。暢を楽しませるつもりで趣向を凝《こ》らした演出を、招待客はみな手を叩いて喜んだ。肝心の人は自宅で臥《ふ》せっているのに。

「どうだった？」

家に戻ると、暢はソファで待っていた。パーティの話をすると目を輝かせて聞き入り、出席した友だちの様子を知りたがった。

「皆さんにも挨拶《あいさつ》できたよ」

「そう、ありがとう。皆さんが楽しんでくださったのなら良かった」

パーティは招待客全員無料でお土産をつけた。暢の友だちが来るならと大判振る舞いしたのだ。

日本漫画家協会大賞をもらったとき、『千夜一夜物語』で主人公の青年アルディンの声をやってもらった青島幸雄に「やなせさん、ちょっと遅過ぎましたね」と言われた。もっと早く受賞してもいいはずだと、そういう意図だったと思うのだが、胸を衝《つ》かれたことを思い出した。

そう、ちょっと遅過ぎた。せめてあと一年早ければ、暢をSLマンに乗せてやれたのに。自慢の訪問着でスポットライトを浴び、友だちの前ではしゃぐ姿が見たかった。

そして十一月。

雨の日だった。

もう歩けず車椅子《くるまいす》に乗っていたものの、小康状態を保っていた暢は体調が急変し、意識を失って東京女子医大に緊急入院する。

貧血がひどいため直ちに輸血をすることになった。治療が無事開始されたのを確かめ、嵩は病院を後にした。自宅とは別に持っている事務所へ戻り、仕事をした。こんなときでも締め切りはあるのだ。

それから数日、嵩は仕事を続けながら病院へ通った。

輸血の効き目で、暢は意識を取り戻した。顔色は悪いが痛みはなさそうだ。病室に嵩がいるのを見つけて安堵《あんど》の色を浮かべる。

嵩は個室のベッドの傍らで丸椅子に腰を下ろし、手を握った。

「何か面白い話をしてくれる？」

血の気の失せた顔をして、暢は気丈にも笑みを浮かべた。

いつもそうだ。

どんなときにも前を向く。そういうところが好きだった。暢と共に歩んできたから、こんな遠くまで来られたのだろう。

＊

アンパンマンを描くとき、いつも心は後免町の子ども時代に返る。

千尋をモデルにアンパンマンは生まれた。無意識でそうなった。

丸い顔に丸いほっぺの男の子。優しくて賢《かしこ》い、嵩の弟。千尋なら、自分を犠牲にしてでも、弱い者に手を差し伸べる。

おぶちゃん。

ドキンちゃんのモデルは君なんだ。

憎《にく》まれ者のばいきんまんにも一人くらい仲間がいてもいい。そういう気持ちで登場したのがドキンちゃん。ばいきんまんを助けるために生まれた。

可愛くて、生意気で。傍にいるとドキドキするからドキンちゃん。

君と別れるのは辛い。

ぱっとしない長い年月、ぼくを信じてくれてありがとう。


――先生の『アンパンマン』、読んでますよ。うちの坊主が大のお気に入りでね。

奇跡が起きる始まりを知らせてくれたあの言葉。

ふわふわした気持ちでカメラ店を出た後、暢が言いかけた「だって――」の続きの会話を今も憶えている。


「ねえ」

「うん?」

「今の話の続きだけど。わたし、ずっと隠《かく》していたことがあるのよ」

「へえ。どんな?」

「なおざりな反応ねえ」

「そんなことないよ。ちゃんと訊いてるさ」

「今度はおざなり。もう、嫌な人ね」

あのときは悪かった。カメラ店の店主の言葉を反芻《はんすう》していて、つい気がそぞろになった。

「何だい」

「わたしには、わかってた。いつかこんな日が来るって」

「先見《せんけん》の明《めい》があると言いたいのかい」

「そうよ」

自信満々にうなずく。

やや西に傾《かたむ》いた日に照らされた顔。眩《まぶ》しそうに目を細め、ゆったりとこちらを見上げる、知的な瞳。いつも暢に励まされてきた。

「で？」

水を向ける。

「隠《かく》し事《ごと》ね。単純な話よ。東京で代議士の秘書にならないかって声をかけられたとき、本当は一度断ったの。あなたのいる高知にいたかったから」

「そうだったんだ」

知らなかった。初耳だ。

「でも、東京へ取材旅行に行って気が変わった。あなたをここへ引っ張ってきたくなった。賭《か》けだったけど。わたしが先に東京へ行けば、きっとついて来ると思って」

「うぬぼれてるな」

「実際そうなったじゃない」

「その通りだけど」

「復興中の東京駅を見ているあなたを見て、わたし思ったの。この人もいつか夢を叶えるんだろう、って。こっそり写真も撮ったのよ。あなたが東京駅を眺めている後姿」

「気づかなかったよ。照れくさいな」

「大志を抱いている顔をしていたわよ。そのうち、あなたが夢を叶えたときに見せようと思って隠したの。後で見てみる？」


その写真。

結局、まだ見ていない。先の楽しみに取っておくことにした。七十四。追いかけたい夢はまだまだある。

いずれ人生を閉じるときには、古いアルバムを探してみるつもりだけど、もう少し先になりそうだ。

「ありがとう、おぶちゃん」

ささやくと、閉じた瞼が震えた。

白い唇がわずかに開く。何も聞こえないけど、わかる。

頑張って。暢はそう言ったのだ。

おぶちゃん。これまで生きてきた中で、何度そう呼びかけただろう。

もうしばらく頑張るよ。

だいぶ暮れかけてきたとはいえ、嵩の人生はまだ終わらない。春の夕焼けみたいなものだ。今にも落ちると見せかけて、案外しぶとく空に居座《いすわ》っている。そんなふうにやってみようと思うのだ。暢がいなくなった後も。

迷う前に跳べ！

【主な参考文献】

『やなせたかし　明日をひらく言葉』ＰＨＰ研究所
『やなせたかし「アンパンマン」誕生までの物語』筑摩書房
『人生なんて夢だけど』フレーベル館
『ボクと、正義と、アンパンマン　なんのために生まれて、なにをして生きるのか』ＰＨＰ研究所
『ぼくは戦争は大きらい』小学館
『何のために生まれてきたの？』ＰＨＰ研究所
『やなせたかし　おとうとものがたり』フレーベル館
『あんぱんまん』フレーベル館
『やなせたかしの世界　THE WORLD OF TAKASHI YANASE』
公益財団法人やなせたかし記念アンパンマンミュージアム振興財団
『勇気の花がひらくとき　やなせたかしとアンパンマンの物語』フレーベル館
『生きているってふしぎだな』銀の鈴社
「高知新聞」二〇一三年十月十六日付、二〇一九年二月六日付、二〇二三年十月二十一日付、
二〇二四年一月一日付、二〇二四年六月十八日付（すべて朝刊）

【やなせたかし略歴】

一九一九年　二月六日、香美市香北町で生まれる
　　　　　　その後、高知市南国市で育つ
一九二五年　高知市立第三小学校に入学
　　　　　　（その後、南国市後免野田尋常小学校へ転校）
一九三一年　県立城東中学校（現追手前高校）に入学
一九三七年　東京高等工芸学校図案科に入学
　　　　　　（現千葉大学工学部）
一九三九年　東京の田辺製薬・宣伝部に入社
一九四〇年　徴兵
一九四六年　中国から帰国後、高知新聞社に入社
　　　　　　小松暢と出会う
一九四七年　高知新聞社を退社し上京。
　　　　　　三越百貨店に入社し、宣伝部に配属
一九五三年　三越百貨店を退社。
　　　　　　フリーの漫画家として独立
一九六一年　「手のひらを太陽に」を作詞
一九六九年　『やさしいライオン』を出版
一九七三年　雑誌『詩とメルヘン』を創刊。
　　　　　　月刊絵本に「あんぱんまん」を掲載
一九八八年　「それいけ！アンパンマン」の
　　　　　　テレビアニメ放映が開始
一九八九年　日本童謡賞特別賞を受賞。アニメが映画化
一九九〇年　「アンパンマン」で日本漫画家協会賞大賞
　　　　　　を受賞
一九九一年　勲四等瑞宝章を受章
一九九二年　「まんが甲子園」審査委員長に就任
一九九三年　暢婦人が逝去
一九九六年　香美市に「やなせたかし記念館」を開館
一九九八年　同市に「詩とメルヘン絵本館」を開館
二〇〇〇年　日本漫画家協会理事長に就任
二〇〇七年　横浜市に「横浜アンパンマンこどもミュー
　　　　　　ジアム＆モール」を開館。その後、三重県
　　　　　　桑名市、仙台市、神戸市、福岡市にも開館
二〇〇九年　「それいけ！アンパンマン」が、最も
　　　　　　キャラクター数が多いアニメとして
　　　　　　ギネス世界記録認定
二〇一一年　「まんが甲子園」永世名誉審査委員長に就任
二〇一二年　日本漫画家協会理事長を辞任
　　　　　　同協会の会長に就任
二〇一三年　十月十三日、心不全のため逝去
　　　　　　（東京都内の病院にて）

本書は書き下ろしです。

本書は多くの資料・文献等に
基づいて執筆されましたが、
あくまでもフィクションです。

伊多波 碧（いたば・みどり）
新潟県生まれ。信州大学卒業。2001年、作家デビュー。05年、文庫書き下ろし小説『紫陽花寺』を刊行。23年、「名残の飯」シリーズで第12回日本歴史時代作家協会賞シリーズ賞を受賞。著書に『恋は曲者 もののけ若様探索帖』『うそうそどき』『リスタート！』『父のおともで文楽へ』『裁判官 三淵嘉子の生涯』『生活安全課防犯係 喫茶ひまわり』など多数。

やなせたかしの素顔 のぶと歩んだ生涯

潮文庫 い－15

2025年 3月20日 初版発行
2025年 5月25日 5刷発行

著　　者 伊多波 碧
発 行 者 前田直彦
発 行 所 株式会社潮出版社
〒102-8110
東京都千代田区一番町6 一番町SQUARE
電　　話 03-3230-0781（編集）
03-3230-0741（営業）
振替口座 00150-5-61090
印刷・製本 株式会社暁印刷
デザイン 多田和博

ISBN978-4-267-02454-2 C0193

JASRAC 出 2500928-505